「さっさと逃げなかったお前が悪い」
隆一の手がベルトにかかる。
伸ばした手は結局隆一の行動を止めることはできなかった。
乱暴にパンツが脱がされ、下着の上から性器に触れられた。
キス一つで硬くなっている場所を隆一が掌で確かめる。
その動きに頬が熱くなる。
JN283286
Sweet toxic love
悪くて甘い遊び

悪くて甘い遊び

成宮ゆり

16164

角川ルビー文庫

contents

口絵・本文イラスト／緒田涼歌

マンションのエントランスには、植えられたばかりのゴールドクレストが並んでいる。俺の家の庭にも生えているが、大きくなりすぎて中の方が少し枯《か》れている。陽《ひ》の光を中まで通すために外の枝を剪定《せんてい》しなければならないのだと、子供の頃《ころ》に本当の母親が言っていた。もうずっと会っていない母親の顔を頭の中からうち消すように、携帯電話《けいたいでんわ》を取り出す。

リダイヤルで掛けた番号は、自動応答の素っ気ないアナウンスの後に留守電に繋《つな》がる。先程《さきほど》と同じ結果に落胆《らくたん》しながら、メッセージを残すことなく通話を切った。

「女と一緒《いっしょ》だったら朝まで連絡《れんらく》とれないこともありえるな」

電話の相手は常に女を切らさない。それも傍《かたわ》らにいるのは周りが羨《うらや》むような美女ばかりだ。ため息をついて、思わず足下《あしもと》のバッグを軽く蹴《け》る。

黒いナイロンバッグに入っているのは、ほとんどが衣類だ。

家を出るときにとにかく急いで詰《つ》め込んだので、シャツやジャケットは皺《しわ》になっているだろう。その他《ほか》に入っているのは携帯の充電《じゅうでん》器と、オーストリッチの財布《さいふ》だけだ。

大学の入学祝いに貰《もら》った腕《うで》時計に目を落として、くしゃみをする。

夕方まで降っていた雨のせいで水気を孕《はら》んだ空気は重く冷え切っていた。

路上に目を向ければ、道路を彩《いろど》るようにピンク色の桜の花びらが敷《し》き詰められている。雨のせいで張り付いたそれが、やけに綺麗《きれい》だった。

「寒い」

辺りはとっくに暗くなっていた。近くの街灯が細かく点滅《てんめつ》している。

風が小さくざわめいているのが不気味で、闇《やみ》が濃《こ》くなっている木や建物の陰《かげ》をできるだけ見ないようにした。未《いま》だに暗闇が怖《こわ》いなんて情けないと思うが、これぱかりはどうしようもない。

もう一度腕時計を見る。先程から一分しか進んでいない。

少し長めの茶色い髪《かみ》を掻《か》き上げながら、赤く冷えた指先をポケットに突《つ》っ込む。

出直そうかと考えたが、行き違《ちが》いになるのが嫌《いや》だった。

心細いのを紛《まぎ》らわすように携帯を弄《いじ》っていると、一台の特徴《とくちょう》的な黒い車がマンションに入って来る。駐車場《ちゅうしゃじょう》の丸いターンテーブルの上に停《と》まった車から、長身の男が現れた。

「隆一《りゅういち》！」

車が自動で地下駐車場に仕舞《しま》われるのを待たずに、別の入り口からマンションに入ろうとする男を見て、慌《あわ》てて声をかける。

振《ふ》り返った加賀《かが》隆一が俺の姿を見て驚《おどろ》く。

この住所を俺が知っているとは思わなかったのだろう。

「裕希《ゆうき》か」

立ち止まっている隆一の許《もと》に、バッグを担《かつ》いで小走りで近づく。

僅《わず》かに見上げる形になる。中学生の頃はいつか追い抜《ぬ》けると思っていたが、二十歳《はたち》を過ぎてからは諦《あきら》めた。

「久しぶり」

整ってはいるが、鋭《するど》い顔の作りは相変わらずだ。どこか陰のある雰囲気《ふんいき》も相まって、隆一の顔は見る者を惹《ひ》きつける。

五歳年上の隆一は昔から俺の憧《あこが》れだ。

「さっきからずっと携帯に掛《か》けてたんだけど」

何も言わない隆一に、気まずくなる。

中学時代に家庭教師をしてもらって以来、兄弟のいない俺にとって隆一は兄貴みたいなものだ。けれど隆一が俺の家庭教師を辞《や》めてから、なんとなく距離《きょり》が空いてしまっている。

「何か用か？」

そう言ってから隆一は俺の持っている荷物を見て、事情を察して呆《あき》れ顔になる。

「しばらく泊《と》めてよ」

「神山《かみやま》社長は知ってるのか？」

その名前を出されて、俺は視線を逸《そ》らす。

「言うなよ」

今回の家出の元凶《げんきょう》に行き先なんて教えるわけがない。それに、どうせ親父《おやじ》は心配なんてしていないだろう。

じっと隆一の目を見つめていると、頭上からため息が降ってくる。

「とりあえず、話は中で聞く」

その言葉にほっとして、知らずに強張《こわば》っていた肩《かた》から力が抜けた。

隆一はマンションに入った途端《とたん》どこかに電話を掛ける。

相手の声までは聞こえなかったが、会話の内容からして恐《おそ》らく女だろう。

電話を掛けながら乗り込んだエレベーターで、隆一が目的の階数を押す。

「また埋《う》め合わせをする。悪いな」

普段《ふだん》は聞けないような、少し甘い声音《こわね》で女に謝るのを聞いて、許さない女はいないだろうと思った。

「女と予定があったのか?」

エレベーターを降りて部屋に向かう。

「まあな」

隆一はあっさりと認める。予定があったのに、マンションに寄ったということはシャワーでも浴びるつもりだったのだろうか。何にせよ、その偶然《ぐうぜん》に感謝する。

「相変わらず取っかえ引っかえなんだろ?」

隆一はいつもある程度割り切って女と接している。深いつき合いは好きじゃないようだ。

そんな隆一に心酔《しんすい》していた。一時期は何でも隆一を真似《まね》ていた。

家庭教師をしてもらっていた頃は隆一が好きだというバンドの曲を聴《き》き、気に入っている映画を観《み》た。雑誌や世間の評価よりも、俺にとっては隆一の評価のほうが大事だった。

今思い出すと恥《は》ずかしいぐらいに隆一に影響《えいきょう》されていた。実際それは隆一も気づいていただろう。けれどあの頃は隆一も優《やさ》しかったから、それを指摘《してき》してからかうようなことはなかった。

「羨ましいのか？」

揶揄《やゆ》するように隆一が笑う。

優しかったのはいつまでだったのか、今となっては思い出せない。

「別に。セックスできる女友達がたくさんいるからって、それが凄《すご》いとは思わねぇし。俺は隆一と違ってそういうの、それほど好きじゃないから」

格好つけたわけじゃなく、事実だ。セックスは別に好きでも嫌《きら》いでもない。そのためだけに女のご機嫌《きげん》を取る手間を考えると、面倒《めんどう》だからなくてもいい。

その点については、隆一の考えは俺とは真逆だ。隆一は特定の彼女がいる時期も、よく女友達と遊んでいた。中学時代に「それは浮気《うわき》なんじゃないのか？」と責めたら、「友達と遊んでるだけだ」と返された。

その友達と遊んだ翌日にキスマークをつけているのを見て、子供ながらに当時の隆一の彼女に同情した。

「友達は多い方がいいだろ？　いざってときに逃《に》げ込むのが男の家なんて寂《さび》しいからな」

意地が悪い言葉にむっとする。

あの頃の隆一なら、こんな言い方はしなかった。一体いつからこんなに嫌みな男になったんだろう。

「俺だって女友達ぐらいいる」

「じゃあなんで俺のところに来たんだ？」

部屋の鍵《かぎ》を開けながらそう尋《たず》ねられて、うまく反論できなかった。

確かに女友達はいるが、家に泊まり込むほど親しくはない。

俺は隆一みたいに友達と寝《ね》る趣味《しゅみ》はないから、気軽に家に上がり込むような真似はできない。

そうなると頼《たよ》るのは男友達の家になる。友人は多いがそれほど深いつき合いはしていない。

一番仲の良い友人は今日も女と遊び歩いている。

家を出たときは迷わずに隆一のマンションに行くことを選んだが、迷ったとしても最終的には隆一のところ以外に足は向かなかっただろう。

「迷惑《めいわく》かよ」

だったらマンションの入り口でそう言えば良かったんだ、と拗《す》ねた気分で呟《つぶや》く。

隆一はそれには返事をしなかった。その代わりに開いたドアの内側に俺を招き入れる。

誰《だれ》もいない部屋は当然真っ暗だった。俺は真っ先に壁《かべ》のスイッチに手を伸《の》ばして、照明を点《つ》ける。

「相変わらず怖がりなんだな」

俺の反応を見て隆一が笑う。

既《すで》に暗闇が苦手だと知られているので、今更《いまさら》否定する気は起きない。

寒かった部屋は徐々《じょじょ》に暖房《だんぼう》で暖められ、俺は対面式のキッチンカウンターにもたれ掛かりながら、紅茶を淹《い》れている隆一を見つめる。

考えてみれば親父や仕事に関係なく、プライベートで会うのは久しぶりだった。それこそ数年ぶりかもしれない。携帯《けいたい》ではたまに話をしていたが、俺から連絡《れんらく》しなければ隆一からは掛かって来ない。それも仕事を理由にすぐに切られてしまうから、最近はあまり掛けていなかった。

「夕食は食べたのか？」

「一応。隆一は？」

「取引先と食べてきた」

差し出された紅茶は色が少し薄《うす》い。もしかしたら紅茶じゃなくてハーブティーなのかもしれない。おそるおそる口を付けたが、味は普通《ふつう》の紅茶とあまり変わらなかった。

お茶を飲む習慣がないので、これが美味《うま》いのか不味《まず》いのかさえ判断が付かない。

「こんな時間まで仕事かよ」

時計は夜の十時をとっくに回っている。うちの親父も帰りはいつも遅《おそ》いが、俺だったら朝からこんな時間までずっと仕事をするなんて耐《た》えられない。

「再来年はお前もこうなる」

俺が親父の会社に入ると思い込んでいる隆一の言葉に眉《まゆ》を顰《ひそ》める。

「なぁ……なんで隆一はうちの会社に入ったんだよ。良《い》い大学出て、なにもうちみたいなサラ金に就職することなかったんじゃねぇの？」

「消費者金融《しょうひしゃきんゆう》だ」

「同じだろ、どっちも」

一般《いっぱん》的に聞こえが良いか悪いかの違《ちが》いだけで、中身は同じだ。金貸しなんて、上品な商売だとは思えない。中高生の頃《ころ》は親の職業を素直《すなお》に口に出せず、信販《しんぱん》会社だと嘘《うそ》をついていた。

それにもし消費者金融が良いというならば、うちみたいな中堅《ちゅうけん》ではなく、もっと一流の大手企業《きぎょう》に勤められたはずだ。

「もしかして、会社に入るのが嫌《いや》で家出したのか？」

「今時、同族経営なんて時代遅《じだいおく》れだ」

「だからって、大学生にもなって家出するな。本当にそういうところがガキだな、お前は」

家出が分かった時よりもさらに呆れた顔で隆一が指摘する。

むっとして顔を上げると、隆一は自分の紅茶にブランデーとハチミツを注ぐ。

V.M.O.P.

「俺のも」

カップを差し出すと渋《しぶ》い顔をされたが、数滴《すうてき》のブランデーが落とされる。

「ケチ」

隆一はそれを聞いて、嫌がらせのように多すぎる量のハチミツを俺のカップに注ぐ。

「ガキに酒を勧《すす》める趣味はないんだ」

「いくつだと思ってんだよ」

もう二十歳《はたち》は越《こ》えている。酒も飲めるし、車の免許《めんきょ》だって取れる。結婚《けっこん》だってできる年齢《ねんれい》だ。

隆一は俺がまだ中学生だとでも思っているのだろうか。たった五歳しか離《はな》れていないのに、子供扱《こどもあつか》いされるのは納得《なっとく》がいかない。

そもそも隆一が飲酒や喫煙《きつえん》の年齢制限を守っていたとも思えない。

「親とケンカして家出するのはガキだろうが」

「ケンカじゃねぇよ」

カップに口を付けると、ふわりと先程《さきほど》とは違う風味が広がる。ブランデー特有の香《かお》りと深みのある味が紅茶によく馴染《なじ》んでいる。

今度紅茶を飲むときは俺も同じようにしようと思いながら、甘い紅茶を全《すべ》て飲み干してから、空になったカップにブランデーを注ごうと手を伸ばす。

ブランデーはそれほど好きじゃないが、酒なら何でも良かった。

しかしそれに気づいた隆一が、ボトルを手の届かない位置に置いてしまう。

「今日は泊《と》めてやるが、明日は帰れよ」

「なんでだよ」

「お前のお守《も》りをするほど暇《ひま》じゃない」

「親父《おやじ》たちの前では〝裕希くんの面倒はいくらでも自分がみる〟とか言ってたくせに」

まだ隆一が家庭教師をしていた頃に聞いた台詞《せりふ》を口にする。

「まだ自分の面倒を自分でみられないのか？」

隆一は親父がいるのといないのとでは態度が違う。親父の前では俺にも敬語を使うし、呼称《こしょう》だって「裕希くん」と呼ぶが、二人きりになれば「裕希」に変わる。

隆一が親父の会社に入る前からそうだ。

「明日は泊めないからな」

隆一はそう言うと、黒地に銀が散っている渋いネクタイを外す。年を取った爺《じい》さんが着けていそうな柄《がら》だが、不思議と隆一には似合っている。少しも不自然には見えない。

隆一以外が着けたら不格好になる柄だが、隆一が着ければ人目を惹《ひ》く。

就職祝いに親父が贈《おく》った成金趣味のピンクゴールドの時計ですら、隆一の腕《うで》に塡《はま》っているとセンスの良い上物に見える。同じように俺の腕には大学の入学祝いに隆一の父親から貰《もら》った時計が填っている。クロノグラフのシックな時計は、周囲の人間によく趣味が良いと褒《ほ》められる。

「じゃあどうしろって言うんだよ。家には絶対に帰らないからな」

「そんなことは自分で考えろ。それに、お前はこの家に耐えられないと思うけどな」

隆一はにやりと笑ってそう言った。そんな顔を見せるのはいつも、俺にとって都合の悪い話題を口にするときだ。

十代の頃のようにからかわれるものかと、身構えながら言い返す。

「別に、狭《せま》いのぐらい我慢《がまん》するぜ？」

うちと比べると狭いが、一人暮らしならこれぐらいが普通だろう。リビングダイニングと寝室《しんしつ》、キッチンの上にはリビングから続くロフトがある。

部屋が広いからこの間取りなら、大人二人でもそう窮屈《きゅうくつ》には感じない。

「狭い広いの問題じゃない。言っておくが、ここは出るぞ」

「え？」

思わず顔を上げると、隆一はやけに真剣《しんけん》な顔で「俺はほとんど家にいないから、お前一人で色々我慢することになると思うが、怖《こわ》がりなお前にそれができるのか？」と首を傾《かし》げた。

身構えた割には子供だましな話題に笑う。隆一らしくない脅《おど》し文句だ。

「出るって？　まさか幽霊《ゆうれい》とか信じてるわけ？」

馬鹿馬鹿《ばかばか》しい。そんなものは居るわけがない。

仮に居たとしても隆一がそれを信じているとは思えない。隆一はそういうものを率先《そっせん》して否定するタイプの人間だ。

「時々呻《うめ》き声みたいなものが聞こえる。それだけじゃない、度々《たびたび》停電が起こって部屋が真っ暗になる」

「……マジ？」

幽霊は怖くないが、停電は困る。

屋外が暗いのも好きじゃないが、室内が暗い方が耐え難《がた》い。家では寝《ね》るときですら微《かす》かな明かりは点けていた。自分でも情けないが狭い場所であればあるほど、暗ければ暗いほど過去の記憶が蘇《よみがえ》って、パニックに陥《おちい》りそうになる。

怯《おび》えた俺を見て、隆一は「分かったらさっさと家に帰れ」と口にした。

「……冗談《じょうだん》なんだろ？」

恐《おそ》る恐る尋《たず》ねると、隆一は僅《わず》かに口元を歪《ゆが》める。嘘をついてるのかどうか、判断が付かない曖昧《あいまい》な表情に、余計に焦《あせ》った。

「とりあえず、外で待ってる間に冷えただろうから風呂《ふろ》に入れ」

急に優《やさ》しくそう申し出るから、さらに不安になる。

本当なのか⁉　本当に停電するのか⁉

「お、おい！」

追いすがったが、荷物ごとバスルームに放《ほう》り込まれた。

シン、と静かになったバスルームを見回す。天井《てんじょう》には煌々《こうこう》とした明かりがある。窓のないバスルームで、もし停電したらと考えるとそれだけで恐ろしい。

だから、閉められたドアを僅かに開く。隙間《すきま》があると、少しだけほっとする。もう一度明かりを確かめてから服を脱《ぬ》いで、浴室に入った。浴槽《よくそう》にはお湯が張られている最中だった。気泡《きほう》が勢いよく混ざり合うのを見ながら、シャワーノズルに手をかける。

「ここは窓があるのか」

浴槽の横には細長い窓がある。そこからは僅かに夜景が見えるが、嵌《は》め殺しだ。

体を洗いながら、オレンジ色の照明を度々確認《かくにん》した。隆一があんなことを言うから、不安で仕方ない。

あんなものは隆一が俺を追い出すための方便だと思いながらも、どうしても嫌な記憶《きおく》が蘇りそうになる。

幽霊なんて少しも怖くないし、信じてもいない。生きている人間のほうがもっとずっと怖い。

「情けねぇの」

照明一つに怯えている自分が滑稽《こっけい》で、怯える気持ちを宥《なだ》めながら湯船に体を沈《しず》める。本当に冷えていたのか、指先や爪《つま》先に触《ふ》れるお湯を殊更《ことさら》熱く感じた。

持ってきた服に着替《きが》えて風呂を出ると、隆一はリビングに置いてあるデスクで、ラップトップのパソコンに向かって仕事をしていた。

「まだ働くのかよ」

そんなに仕事ばかりしていて楽しいのか、とその背中に投げかける。

「予定がなくなって暇だからな」

「……悪かったよ」

女との約束を反故《ほご》にさせたことを謝り、隆一の背後から覗《のぞ》き込む。画面にはびっしりと数字が並んだ表が表示されていた。見ているだけで頭が痛くなる。

「金利の計算？」

「邪魔《じゃま》するな。さっさと寝ろ」

鬱陶《うっとう》しそうに隆一が俺を追い払《はら》う。邪険《じゃけん》な仕草に、思わず眉根《まゆね》が寄る。

「本当に親父たちの前と態度が違《ちが》いすぎる」

昔から違ったが、前よりひどい。何か気に障《さわ》るようなことをしただろうかと考えたが、思い当たらない。

「ベッドルームを散らかすなよ」

「だから、ガキじゃねぇっての」

いっそ子供っぽく舌でも出してやろうかと思いながら、隆一の気を引くことを諦《あきら》めてベッドルームのドアを開ける。

当然ながら無人の部屋は真っ暗なので、照明を点《つ》けてから室内に入り、ドアを閉める。

半分下がったロールスクリーンから覗く寝室の窓は大きく、バルコニーに繋《つな》がっていた。

外が見えるこの部屋なら安心して寝られそうだ。

広い部屋の中央には飴色《あめいろ》の木目が美しいベッドが置かれている。その横には同色のチェストとランプスタンドがあった。隆一のことだから全《すべ》てセットで買ったのだろう。

「統一したがるところは変わらないよな」

バッグを床《ゆか》の上に投げてから、正面からベッドに倒《たお》れ込む。

白くて柔《やわ》らかな寝具《しんぐ》がボスンと音を立てて俺の形に凹《へこ》んだ。

仰向《あおむ》けになって天井を見上げながら、耳を澄《す》ませる。隆一がいる隣《となり》の部屋の音は聞こえなかった。

目を閉じて明日からのことを少し考えたが、家に帰らないで済む名案は浮《う》かばない。

このままこの部屋に居座りたいが、頻繁《ひんぱん》に停電するというのが事実なら、俺の方が耐《た》えられそうにない。

「親父があんなこと言い出さなきゃこんなことで悩《なや》まずに済んだのによ」

思わず、恨《うら》みがましい台詞が漏《も》れる。

そもそも今回家を出るはめになったのは、全部親父のせいだった。

大学三年にもなれば進路を決定しなければならない。実際に早い奴《やつ》は四月の時点でインターンだ、なんだと動いている。四年から就職活動を始めたのでは出遅《でおく》れるとばかりに、大学では就職向けのセミナーが毎月開かれているし、周囲の連中もそれなりに将来を考えている。

でも俺にとっては就職なんてまだ先の話だった。大学四年になったら進路を決めて、就職活動は夏からすればいいと漠然《ばくぜん》と考えていた。

『お前は会社を継《つ》がないつもりなのか？』

事の発端《ほったん》は今日の夕食時の会話だった。

大学四年で就職が決まらなかったら一年か二年かけて世界一周したいと、自分でも冗談とも本気ともつかない願望を口にすると、親父《おやじ》は責めるように俺を見てそう言った。

「誰《だれ》が継ぐかよ。金貸しなんか」

好物のエビマヨのサラダを食べながら、父親に向かって言った台詞《せりふ》をもう一度呟《つぶや》く。

親の商売のせいでバカにされたことは何度もある。子供時代にはそれで危険な目にも遭《あ》っている。そのときのことを思い出して、思わずぎゅっと拳《こぶし》を握《にぎ》る。

未《いま》だに拭《ぬぐ》えない恐怖心《きょうふしん》から目を逸らすように瞼《まぶた》を開くと、天井から降り注ぐ眩《まぶ》しいライトに安心する。

『そのえげつない商売で育てて貰《もら》ってるのは誰なんだ』

批判した言葉を受けて、珍《めずら》しく声を荒《あら》らげた父親にそう指摘《してき》された。

『自分一人で生きていくこともできない奴が生意気を言うんじゃない！』

その言葉にかっとなってバッグに荷物を詰《つ》めて家を飛び出した。

「隆一は絶対親父の味方するんだろうな」

父親と二代続けて親父の下で働いているせいもあり、いっそ崇拝《すうはい》でもしてるんじゃないかと思うほど、隆一は親父に対して従順だ。

昔から俺が少しでも親父をバカにするような言葉を口にすると、顔を顰《しか》めて「自分の親を馬鹿《ばか》にするな」と窘《たしな》められた。

親父は忙《いそが》しかったし、母親は大人しいタイプだから滅多《めった》に叱《しか》るということはなかった。だから誰かに怒《おこ》られたり窘められるという経験があまりない。けれど隆一には親への態度や生活習慣に関してよく怒られていた。

家庭教師をして貰っていた中学二年から高校一年までの間、数え切れないほど隆一から叱られた。

時には反撥《はんぱつ》しながらも、それでも構って貰えるのが嬉《うれ》しかった。

「本当に、兄貴みたいに思ってた」

いや、今も思っている。だけど、いつからか隆一はひどく素っ気なくなってしまった。

「もしかして本当はずっと嫌《きら》われてたのかも」

さっきの素っ気ない態度を思い出す。目を閉じることでその不快な考えを追い出して、横になるうちにいつの間にか眠《ねむ》ってしまった。

大教室の後方に座って必修の講義を聞き流す合間に、高校時代からの知り合いである速水《はやみ》に三日前に家を飛び出したことを打ち明けた。

速水は手に持ったボールペンを器用に指先で回しながら、小さく欠伸《あくび》をする。

「家出って、小学生かよ」

半分外国人の血が入っているせいで彫《ほ》りが深い顔に、呆《あき》れた色が浮かぶ。

「お前の精神年齢《ねんれい》はいつになったら二桁《ふたけた》になるんだよ」

「うるせぇな」

速水の視線を避《さ》けるように壇上《だんじょう》に目を向ける。遠すぎて黒板に書いてある字が良く見えない。

相変わらず何もかも野球に喩《たと》えたがる教授が「この金融《きんゆう》危機は八回裏満塁《まんるい》でピッチャーゴロを出すようなものだ」と七〇年代か八〇年代のアメリカ経済について解説していた。

八回裏満塁でのピッチャーゴロは何がどの程度やばいのか、野球をしない俺にはさっぱり分からない。そもそも野球をしている連中にだって、それで本当に正しく伝わるのか疑問だ。

教授が見えないバットで素振《すぶ》りをした後で、アメリカ政府が出した打開策をまた野球に喩えて説明するのを聞きながら、俺は速水相手に口を滑《すべ》らせたことを後悔《こうかい》した。

「で？　原因は？」

「会社を継げって言われた」

正直にケンカの理由を告げると、速水は意外そうな顔をする。

「いいじゃないか」

「どこがだよ」

「入社前から出世コースが決まってる」

「じゃあお前は継ぐのかよ？」

「……俺にふるなよ」

速水が開いたまま一行も記入されていないノートの上に、回していたペンを落とす。

お互《たが》い親の職業に関しては認められない部分がいくつもある。

「入社前から出世が決まってるぞ」

先程《さきほど》言われた言葉をそのまま返す。

速水の父親も社長だ。ただし、全国チェーンのエロホテルの。

「俺のことより、家出してどうしてるんだよ。ホテル暮らしか？」

「隆一の所に泊《と》まってる」

家出してから三日経《た》つが、その間ずっと隆一の家にいる。毎日出て行けとは言われているが、無理《むり》やり追い出されることはない。それにまだ停電も起こっていない。

この状況《じょうきょう》に甘えて、これから先のことを具体的に考えていなかった。

家に帰るのは嫌《いや》だが、一人暮らしをするつもりもない。このまま隆一の家に居着いてしまいたいが、口にすれば却下《きゃっか》されることは目に見えている。

「隆一ってお前の父親の部下の？」

高校時代から度々《たびたび》話題にしてきたので、速水は隆一のことを知っている。

「ああ」

「気の毒にな。上司の子供じゃ簡単に追い返したりできないだろうしな」

速水の言葉に思わず黙《だま》り込む。

その辺りを自覚して利用しているが、他人の口から改めて聞くと自分が狡《ずる》いことをしている気分になる。

「なんなら俺の家に来れば？」

一人暮らしをしている速水が携帯《けいたい》を弄りながら、口にする。

「お前の家はいつも女がいるだろ。大体お前等がやりまくってるベッドで寝《ね》る気にならねぇよ。シーツどころかマットレスにまで色々染《し》み込んでそうだしな」

速水の家には常に誰かがいる。女だけじゃなく男も溜《た》まっていて、前に行ったときはその手のパーティの真っ最中だった。ドアを開けた途端《とたん》裸《はだか》の男女が視界に飛び込んできて、連絡《れんらく》をせずに速水の家を訪《おとず》れたことを心底後悔した。

「神は男の伴侶《はんりよ》として女を作ったんだ。だから男が女を求めるのは間違《まちが》いじゃない」

「仮にそうだとしても、神様はお前のために全《すべ》ての女を作ったわけじゃねぇだろ」

大体、女だけじゃなく男も相手にするくせに。

高校の頃《ころ》に二人で洋画を観《み》に行った時、プールから上がったハリウッド俳優を見て、速水が「美味《うま》そう」と口にした事は未だに忘れられない。

「なんだよ、自分に女がいないからカリカリしてんのか？　紹介《しようかい》しようか？」

「いらねぇ」

「だってお前、もう三年以上いないんだろ？　俺だったら一ヵ月だって無理だわ」

「特定の相手がいないだけで、別に三年以上やってねぇわけじゃねぇよ」

大学に入ってから彼女はいないが、だからといって誰とも寝てないわけじゃない。

「じゃあこれやるよ」

そう言って速水が財布《さいふ》から金色の薄《うす》いカードを取り出す。

「なんだよ、これ」

手の中の薄いカードを見つめていると「株主優待カードだよ」と教えられた。

「うちのホテルなら五泊《はく》までは無料。それ以降は十％オフになる。家出先に困ったら使えよ。因《ちな》みに一番オススメなのは池森店の『赤ずきんちゃんとオオカミ』ルームな」

「気になるけど、行かねぇぞ」

俺の呟《つぶや》きに速水が携帯を閉じた。それと同時にチャイムが鳴って、授業が終了《しゅうりょう》する。

「じゃあ、とりあえず飲みにでも行くか。女も呼んだし」

速水がそう言って立ち上がった。

「今からかよ」

腕《うで》時計に目を落とす。日は暮れているが、飲むには早い時間だ。

「どうせ暇《ひま》なんだろ？」

その言葉を渋々《しぶしぶ》認める。速水の言うとおり暇だったし、隆一が帰って来るまでどこかで時間を潰《つぶ》さなければならない。

「気に入る子がいたら適当に仲良くなって泊めて貰《もら》えばいいだろ？」

「お前と兄弟になるのなんてゴメンだ」

そう言うと速水はバカみたいな高い声で笑ってから「仲良くしよーよ、裕ちゃん」と俺の肩《かた》を引き寄せる。

「スキンシップがうざい」

「アメリカンブレンドだから仕方ないでしょ」

「英語しゃべれねぇ似非《えせ》アメリカンの癖《くせ》に」

明らかに外国人の血が入ってると分かる外見をしているくせに、速水は英語があまりしゃべれない。アメリカ人だった母親が、速水が生まれてすぐに病死し、そのせいで周囲を日本人に囲まれて育った速水の英語力は俺と良《い》い勝負だ。

「それを言うなら、元女男のくせに」

「速水、てめぇ」

人の気にしてることを口にする長身の男を下から睨《にら》み上げると「先に人のコンプレックス刺《し》激《げき》したのは神山だろーが」と退《ひ》かない態度で口にする。

舌打ちをして速水から視線を逸《そ》らした。

「元って言うか、今も充分《じゅうぶん》神山はかわいーけどね」

「死ね」

高校一年の時に速水から女男と言われて、ケンカになった。当時は確かに男子の平均身長を下回っていたし、顔の作りは男よりも女に近かった。

女に間違えられることも多く、速水と出会った高校一年のときはまだ中性的な顔立ちだった。けれど高一の夏を過ぎてからだんだんと背も伸《の》びて声も変わってきたせいで、今はもう見間違えようもない。

「またそれ言ったら、マジで殺すからな」

かわいいなんて、二度と言われたくない。

へらへら笑っている速水を睨み付けると、速水が「かわいー」と高い声で言ったので、脛《すね》を軽く蹴《け》ってやった。

学生駐車場《ちゅうしゃじょう》に停《と》めてある速水の車に乗り込んで、女と合流してカラオケに行った。それから少し高めの店で飯を食う。相変わらず金回りの良い速水がカードで払《はら》って、それから店をかえて飲んだ。ドレスコードのあるレストランの二階にあるバーで、周りの客の顰蹙《ひんしゅく》顔を無視して騒《さわ》ぎながらボトルを空ける。

「神山、大丈夫《だいじょうぶ》かよ」

何本目かのボトルの中の酒がなくなる頃、不意に速水にそう尋《たず》ねられる。一瞬《いっしゅん》、意識が飛んでいた。見知らぬ女の肩に凭《もた》れかかりながら、速水の言葉に適当に相槌《あいづち》を打つ。

「平気」

流石《さすが》に少し飲み過ぎた。酒には強い方だが、頭がぐらぐらする。

「俺達はそろそろ帰るけど、どうする？」

速水の腕には二人の女がいた。これから楽しむんだろうと思うと、邪魔《じゃま》する気にもなれずに「まだ飲む」と気を利《き》かせる。

財布を出しかけた速水に「ここは俺が持つ」と追い払うように手を振《ふ》った。

速水がいなくなるのを見送ってから、再び女の肩に凭れる。けれどすぐにきつい香水《こうすい》が鼻についで顔を上げた。

「ねぇ、次はどこに行く？」

名前はカラオケで聞いたはずだが、思い出せない。でも好みのタイプだった。三人の女の中では、一番胸がでかくて可愛《かわい》い顔をしてる。勿体《もったい》ないとは思うが、食指は動かない。

「悪い、気分悪いから帰る」

女の体から離《はな》れ、ソファの背もたれに体を預ける。今動くと吐《は》いてしまいそうだ。がぶ飲みしたワインが胃の中で存在を主張している。

「えー」

非難めいた女の声があがる。高い声が頭に響《ひび》く。

立ち上がると引き留めるように腕が伸ばされた。しなやかな指先が腕に絡《から》むのを見ながら「悪い」と口にする。残念がる女を宥《なだ》めてタクシーを呼んで帰した。

それからスタッフにチェックと水を頼《たの》む。

グラスを持ってきたスタッフにクレジットカードを渡《わた》して、口の中に冷たい水を流し込む。

久しぶりに二日酔《よ》いになりそうだと思いながら、空になったグラスを額に当てる。冷たいグラスで頭痛を誤魔化《ごまか》していると、先程《さきほど》のスタッフが畏《かしこ》まった様子で戻《もど》ってきた。

「申し訳ございません、こちらのクレジットカードはご利用いただけないようです」

「は？」

戻されたカードを手にとって、仕方なく別のカードを出した。

しかし、そのカードも使用できないと返される。

結局持っていた三枚のクレジットカードが全て使用不可だった。限度額まで使った記憶《きおく》はない。店員は気を遣《つか》って「機械の調子が悪いようで」と口にしたが、他《ほか》の客は問題なくカード払《ばら》いができている。そうなると、原因は機械的なものじゃなくて機能的なものだろう。

「親父《おやじ》か……」

普段《ふだん》は滅多《めった》に怒《おこ》らないが、怒らせると怖《こわ》いのは知っている。家を飛び出したきり戻らない俺に腹を立ててクレジットカードを停めたのだろう。

困った顔をしているスタッフを二杯《はい》目の水を頼んで追い払い、携帯《けいたい》を取り出して隆一の番号に掛けた。速水の番号に掛けることも一瞬考えたが、どうせ今頃《いまごろ》は先程の女たちとベッドの中だろう。

数回のコールの後で、隆一が電話に出る。

「隆一？」

黙《だま》り込んだままの相手に焦《じ》れて名前を呼ぶと、しばらくしてから「なんだ？」とやけに不機《ふき》嫌《げん》そうな声で訊《き》き返される。

「あのさ、今外なんだけど」

沈黙《ちんもく》が重くなる。

『それで？』

不機嫌というよりは冷めた声に、電話をしたことを後悔《こうかい》する。

親父を怒らせると怖いが、隆一も怒らせると怖い。以前に一度、本気で怒った隆一を見たことがあるが、あの時はあまりの剣幕《けんまく》にしばらく怖くて近づけなかった。

「迎《むか》えに、来て欲しいんだけど。その、クレジットカードが使えなくなってて、支払いができなくてさ」

受話器の向こうからため息が聞こえた。見なくてもどんな顔をしているのか分かる。

顔を合わせたら怒られそうだが、隆一以外に頼《たよ》れる相手はいない。

こんなことなら、さっき速水たちと一緒《いっしょ》に帰るべきだった。

「ごめん」

素直《すなお》に謝ると場所を訊かれた。簡単に説明してから電話を切って、水を持ってきたスタッフに少し待って欲しいと伝える。

隆一が店に来たのはそれから一時間近く経《た》ってからだった。

怒っているのか呆《あき》れているのか、俺の方をほとんど見ずに会計を済ませると、そのまま振り返らずに店を出て行く。

慌《あわ》てて追いかけた。エレベーターの中で隆一の顔を見ながら「金はあとで返すから」と言い訳のように口にすると、ようやく隆一の視線が俺に向けられた。

「こんな時間に家にいないから、自宅に帰ったと思ったけどな」

「……」

咎《とが》めるような口調に反論できず、俯《うつむ》いたままー階に着いたエレベーターを降りる。隆一の後に付いていくと、路肩《ろかた》に停められた黒い車が見えた。幅広《はばひろ》で低い車体が特徴《とくちょう》のスポーツタイプのラグジュアリー車だ。黒光りする流線型の車は持ち主と同じで、そこにあるだけで人目を惹《ひ》く。

助手席には綺麗《きれい》な女が乗っていた。

――あいかわらず、隆一は男にとって理想的だ。

格好良い車に綺麗な女。世間一般《いっぱん》の男が、こうありたいという憧《あこが》れを具現化している。

昔からそういうところが誇《ほこ》らしくて妬《ねた》ましい。

女は俺に気づくと小さく微笑《ほほえ》んだ。

ショートの黒髪《くろかみ》に、目鼻立ちのはっきりとした理知的な美人だ。

「待たせて悪かったな」

車に乗り込んだときに、隆一が女にそう声をかける。

女は「いいのよ。弟さんなんでしょう？」と言って、後部座席に座った俺をバックミラー越《ご》しに見た。顔は若々しいが二十六歳の隆一よりも、年上のようだ。さっきまで俺の横にいた女とまるきりタイプが違《ちが》う。

否定するのも面倒臭《めんどうくさ》くなって、無言で頷《うなず》く。

「隆一、寝《ね》ていい？」

スポーツタイプなので、後部座席は天井《てんじょう》が低い。広々とした助手席や運転席と違い、座っていると圧迫感《あっぱくかん》を覚える。

「好きにしろ」

素っ気無い言葉の後で、隆一が車を発進させた。気分が悪いと、わずかな振動《しんどう》でも二倍になって返ってくる気がする。革張りのシートに頬《ほお》を付けて横になりながら、交《か》わされる二人の会話を聞くともなしに聞いた。

物分かりがいい大人の女、そんな印象を助手席の女に持ちながら、目を瞑《つぶ》る。

隆一が口説いたのか、女が口説いたのか、二人の雰囲気《ふんいき》では分からなかった。

しばらくして車が停まり、二人が降りる。俺は目を瞑ったままだったから、眠《ねむ》っていると思われたのか、声はかけられなかった。

ドアが閉まった音を聞いてから、瞑っていた目を開けて腕《うで》時計で時間を確認《かくにん》する。深夜一時だった。隆一が戻ってきたのは二十分後だ。

「起きたのか」

後部座席を出て車に寄りかかっている俺を見て、隆一がそう言った。

「起きてた」

車の中に一人でいるのは好きじゃない。いくら外が見えても、車の中に閉じ込められるのは嫌《いや》だ。ましてやそんな場所で眠れるわけもない。

「そうか」

再び車に乗り込む隆一に倣《なら》って、俺も助手席に乗り込んだ。シートベルトを締《し》めながら、横のマンションを見上げる。隆一の住んでいるところに負けず劣《おと》らず高そうなマンションだ。

「キスでもしてた？」

女を部屋に送り届けて戻ってくるのに、二十分は時間がかかりすぎている。

「なんでそんなことを訊くんだ？」

「……別に」

確かに何故《なぜ》と言われたら返答に困る。意識せずに尋《たず》ねていた。

俺が電話を掛けなかったら、隆一が女とキス以上のことをしたんだろうと考えるのは、なんとなく嫌な気分だった。

――ブラコンみたいだ。

兄のように慕《した》ってる相手を女にとられるのが嫌だなんて、隆一に知られればまた「ガキ」だと言われてしまいそうだ。

「そんなことより、お前……遊び歩くのもいい加減にしろよ」

「分かってるよ」

再び走り出した車のシートに体を沈《しず》める。その瞬間《しゅんかん》ふわりと先ほどの女の残り香《が》がする。昔バリでかいだことのあるプルメリアのような甘い香《かお》りだ。

かすかな香りだが、もともと気分が悪かったから、匂《にお》いには敏感《びんかん》になっていた。なんでどいつもこいつも香水《こうすい》なんてつけてるんだ。

窓を開けて外の空気を吸い込む。冷たい風を顔に当てると、少しは気分がましになる。

「そろそろ家に帰ったらどうだ？　カードが停《と》められたんだからこれ以上遊び歩けないだろう」

毎日聞かされているお小言に「嫌だ」と返す。

「金ならまだ銀行にあるし、大学にはちゃんと行ってるんだからいいだろ」

隆一は呆れたようにため息をついた。

「なんだよ、知らない女の家に上がり込まなかっただけ偉《えら》いだろ？」

隆一はもう何も言わずに車を走らせる。その横顔に不安になって、遊び歩いていた言い訳を考える。

「だって、隆一の家に帰っても鍵《かぎ》が無いから入れない」

暗い中を外で一人待つのは嫌だ。そうなったら、確実に隆一がいる時間に家に帰るしかない。

「なぁ、合い鍵くれよ。そしたら外で遊び歩かないし」

「いい加減にしろ」

じろりと睨《にら》まれて、拗《す》ねた気分で黙り込む。

「ケチ」

車がマンションに着く。いつものように隆一はパネルを操作して車を地下に収納させた。一《いっ》瞬《しゅん》見えた車庫には他《ほか》の車がずらりと並んでいる。吸い込まれそうに真っ黒な闇《やみ》の中を見て、ぞくりと背中が粟立《あわだ》つ。もし何かの手違いで車に閉じ込められたまま車庫に入れられたりしたら、パニックで気が狂《くる》いそうだと狭《せま》い暗闇の世界から視線を隆一の背中に移す。

エントランスと同じくセキュリティのついた住人用のドアから中に入る隆一に、慌ててついて行く。

エレベーターの浮遊感《ふゆうかん》に、治まっていた筈《はず》の吐《は》き気がぶり返す。

隆一の部屋に上がった途端《とたん》、気分が悪くなって思わず口元を押さえた。

「大丈夫《だいじょうぶ》か？」

隆一が俺の背中に手を回す。その手を振《ふ》り切るようにトイレに走った。

ドアを開けて、真っ暗なトイレの中で吐いた。

「げほ……っ」

胃液のなんともいえない味が舌に広がる。生理的な涙《なみだ》が滲《にじ》んだ。

二度、三度と襲《おそ》ってきた吐き気をこらえようとすると、喉《のど》の奥がぐっと鳴った。

「我慢《がまん》しないで全部吐け」

知らないうちに近づいた隆一が、そう言って優《やさ》しく背中を撫《な》でてくれる。その手に少しほっとする。優しくしてくれる。だから嫌《きら》われてない。単純な図式が頭の中で組み立てられる。

確かにその手は心地《ここち》良かったが、情けないところばかり見られているのが嫌で「平気だから放《ほう》っておけよ」と口にする。

しばらくすると、何も言わずにその手が離《はな》れ、隆一の気配も無くなる。

気の済むまで吐いた後で、トイレットペーパーで口元を拭《ぬぐ》って立ち上がった。吐瀉《としゃ》物を流してトイレを出て、バスルームで口を漱《ゆす》いで顔も洗った。

何度もうがいをしたが、後味の悪さは舌に張り付いている。

「裕希」

リビングに向かうと、台所にいた隆一に名前を呼ばれた。

振り返ると、そのまま白い信楽《しがらき》の湯飲みに入ったお茶を渡《わた》される。

大人しく薄茶《うすちゃ》色のそれに口をつけた。ぬるいお茶がうまい。痛んで過敏《かびん》になっているせいか、胃に温かなものが流れ込む感覚が分かった。

「飲んでおけ」

そう言って隆一が小さなカプセルを渡す。

「何これ？」

「二日酔《よ》いになりたくはないだろう？」

それを聞いて、手の中のカプセルを舌に載《の》せてお茶で流し込む。

「酒臭《さけくさ》いから落ち着いたら風呂《ふろ》に入れよ」

釘《くぎ》を刺《さ》すようにそう言って、隆一は冷蔵庫からミネラルウォーターを取り出した。

「邪魔《じゃま》して悪かったな」

カウンターにもたれながらそう言うと、隆一は首を傾《かし》げて振り返る。

「女」

俺の言葉に隆一は「ああ」と言った。その声に残念そうな響《ひび》きはない。

「それより、遊ぶにしても大学生なら大学生らしい店に行け」

俺と速水が遊ぶときは、普通《ふつう》の大学生が手を出せないような店を選ぶ事が多い。

速水は派手好きで舌が肥えているせいか、ファミレスなんて死んでも入ろうとしない。

俺は店にはあまり拘《こだわ》りがないから、いつも速水に選ばせている。

「あの店は友達が選んだんだよ」

「友達がいるなら、そいつの家に行ったらどうだ？」

面倒臭《めんどうくさ》そうに隆一が言う。

「だって、あいつの家っていつも女がいるし。女だけじゃなく男もいるし。男同士がやりまくったベッドで寝《ね》れねぇだろ」

敢《あ》えて明るく口にした俺の言葉に、隆一は眉《まゆ》を顰《ひそ》める。どうやら交友関係まで呆《あき》れられたらしい。これで隆一が俺に対してまだ呆れていない数少ない部分がまた一つ減った。

「隆一が早く帰ってきてくれたら、どこにも遊びに行かないで家に帰って来られるんだけど」

上目遣《うわめづか》いに見上げる。

「俺には俺の生活がある」

「そりゃ、そうだけど」

確かに隆一の交友関係について俺にとやかく言う権利は無い。

「美味《うま》い飯でもあれば早く帰る気にもなるけどな」

「じゃあさ、俺が飯作ってやるよ」

「作れないだろうが」

「作れるって。だから、鍵。じゃないとマジで速水の家に行くことになるし。もし俺が襲われたら流石《さすが》に親父《おやじ》に申し訳ないと思わねぇ？」

襲われたとしても速水ぐらい倒《たお》せるが、そんな内心はおくびにも出さずに強請《ねだ》る。

手を出すとそれを見た隆一が仕方ないというように、カウンターの引き出しから合い鍵を取り出す。そんなところにあるとは知らなかった。

手を伸《の》ばしたが、ぎりぎりで届かない。

「渡す代わりに約束しろ」

「何を？」

「神山社長に謝って一週間以内に仲直りするってな」

「は？　なんでだよ！　悪いのは親父だぜ？」

「今すぐ出て行くか？」

ちらりと隆一が玄関《げんかん》の方を見る。躊躇《ちゅうちょ》していると鍵《かぎ》が再び引き出しに仕舞《しま》われそうになる。

親父に謝るのは絶対に嫌《いや》だったが、ここで断れば今すぐにでも部屋から出されるだろう。

こんな時間に男友達を訪ねることはできない。最悪、速水に貰《もら》った優待カードを使うこともできるが、エロホテルでも窓のないところや自動でドアに鍵が掛《か》かるタイプは苦手だ。

そんな場所で一晩過ごすなんて、拷問《ごうもん》に近い。

「分かったよ」

とりあえず、時間稼《じかんかせ》ぎのために頷《うなず》く。

「一週間だからな」

隆一は念を押して俺に鍵をくれた。

手にした瞬間《しゅんかん》、ほっとする。とりあえずこれで、しばらくは隆一の家に居ることを許された。

「大好き、お兄ちゃん」

茶化《ちゃか》すようにわざと高い子供みたいな声で言う。

隆一は呆れたようにため息をつく。

「こんな酒臭い弟はいらない。気分がましになったのならさっさと風呂に入ってこい」

「はい、お兄ちゃん」

隆一に促《うなが》されて、そのままバスルームに向かう。シャワーを浴びてルームウェアに着替《きが》える頃《ころ》には、少しは気分がましになっていた。

リビングではいつものように隆一が仕事をしていた。

「まだ寝ないのか？」

そう訊《き》くと、隆一は俺を振り返らずに頷く。

「このところ毎日、どこで寝てるんだよ？」

俺の方が先に眠《ねむ》っているのに、朝は隆一の方が先に起きている。それでも同じベッドで寝ていたらさすがに分かるが、その気配はない。

「俺のことはいいから、さっさと寝ろ。言っておくが、大学をさぼったらすぐに追い出すからな」

「……はいはい」

貰ったばかりの合い鍵を取り上げられたら嫌なので、素直《すなお》にベッドルームに向かう。いつものようにサイドランプを点《つ》けたままで、横になった。鍵は無くさないようにバッグに仕舞った。なんの変哲《へんてつ》もない鍵が宝物のように思えた。


昨夜の事を話すと、速水は他人事《ひとごと》だと思って「カード使えないって格好悪いな」と笑った。

「うるせぇ」

今日は被《かぶ》る講義はなかったがコピー室で速水に捕《つか》まった。

速水はあれから俺の予想通り、エロホテルになだれ込んだらしい。「敵情視察」と言いながら、他社のエロホテルを巡《めぐ》るのが速水の趣味《しゅみ》だ。

先程若干《さきほどじゃっかん》興奮しながら「牢獄《ろうごく》がコンセプトの部屋が最高だった」と語っていた。

都内のホテルは大抵《たいてい》回っているらしいので、風俗紙《ふうぞく》のライターよりもその手の知識がありそうだ。

「それでお前、どうしたわけ？」

「隆一を呼んだ」

「……毎回話聞いてて思うけど、俺その隆一って人に同情するよ。可哀想《かわいそう》に」

断れないからって頼《たの》むなよ、と速水が窘《たしな》める。

「別に、隆一は嫌だったら断るタイプだから。気弱で断れないわけじゃない。昨日も女がいたのに俺の方優先してくれたし」

「だから上司の息子《むすこ》だからだろ」

「そういうんじゃなくて、俺は……」

俺は隆一の弟みたいなもんだから、と言いかけて口を噤《つぐ》む。

何も知らない速水に言っても「そんなのはお前の思い込みだろ」と言われそうだ。そしたらきっと、またむっとさせられるんだろう。

「話変わるけど、さっきからコピってる、それ何？」

速水は俺がコピーしている本に目を向けた。

マットな質感の白い表紙に金の箔押《はくお》しで『ガエタン・アース至高の十二皿』と書いてある。しっかりした装丁《そうてい》の本は料理本のコーナーで一際《ひときわ》存在感があった。それにアースの料理なら何度かレストランで食べたことがある。

「レシピ本」

中身はレシピというよりも、もはや料理の写真集に近い。皿の上の料理は芸術品のように綺《き》麗《れい》に盛り付けられていて、崩《くず》すのが惜《お》しいと思いながら食べたことを覚えている。

「何、料理作るの？」

「まあな。前に食べたときに結構美味かったから、どうせ作るならやってみようと思って」

めぼしいページを開いて速水に見せる。

「〝蟹《かに》のガトー仕立て〟とか〝鴨《かも》肉の塩包み〟とか美味そうじゃねぇ？」

「いや……っていうか、お前……飯作ったことあったっけ？」

「ないけど、レシピと道具があればできるだろ。書いてある通りに作るだけだし」

作り方が分からなければできないが、作り方さえ分かっていれば簡単にできそうだ。肉を切って味付けをして焼くだけなら、何の問題もない。塩包みだって、要はフライパンに肉を入れて、その上に塩を盛って加熱するだけだ。難しいことは特にない。

「あぁ、まあ、理論上は可能だろうけど。誰《だれ》もができたらプロはいらないっていうか、な」

気の毒そうな目を速水が俺に向ける。俺が何もできないと思っているのは隆一や親父たちだけではないらしい。

「そんなに疑うなら、明日《あした》弁当でも作ってきてやろうか」

見返してやる、と思いながらそう尋《たず》ねると、速水が引きつった笑顔《えがお》を浮《う》かべる。

「え？　あー……いや、手間だろうから遠慮《えんりょ》するよ。悪いし」

「どうせ二人分作るのも三人分作るのも変わらないから別に……」

「悪いし！　いいよ！　本当にいい！　それに俺偏食《へんしょく》だから！」

いつになく強い語気で速水が首を振る。

その態度を不満に思ったが、確かに速水に合わせて料理を作るのは面倒臭《めんどうくさ》い。

速水の食べ物の好みは病的と思えるほどに細かい。火の通ってない野菜は食えないし、肉の脂身《あぶらみ》も嫌っている。油が浮いてるスープも駄目で、味噌汁《みそしる》ですら油揚《あぶらあ》げが入っている時は口にしないし、ラーメンなんか絶対に食べられない。

理由は「ぶよぶよした油が気持ち悪い」ということらしいが、未《いま》だに共感できない。

「お前、その偏食そろそろ直したほうがいいぜ？」

「不安になると血が出るまで爪《つめ》を噛《か》むような奴《やつ》に言われたくねぇよ」

「……最近はやってねぇよ」

子供の頃からの悪癖《あくへき》だ。いつから始まったのか、明確に思い出せる。

暗闇《くらやみ》と閉所を恐《おそ》れるようになったのと同時に、その悪癖もついてきた。

一番酷《ひど》かったときは、白い部分なんてほとんど残っていなかった。血が出ても噛むのを止《や》められなかったんだから、我ながら病的だったと思う。

そういえば血が出るほど噛まなくなったのは、隆一に家庭教師をして貰うようになってからだった。

「マニキュアするといいらしいぜ？」

「は？」

「前にやった女も爪噛む癖《くせ》があったらしいんだけど、直そうとしてマニキュア塗《ぬ》り続けたんだって。アレすごく不味《まず》いらしくて、噛むと不味いから噛まないようになって、いつの間にか直ったって言ってたけどな」

まるでどこかの禁煙《きんえん》補助食品のようだ。あれはガムやアメを食べた後にタバコを吸うと凄《すご》く不味く感じるから、自然と禁煙ができるというふれこみだった。

「女ならありだけど、男はなしだろ」

爪にマニキュアを塗っていたら、周囲から変な目で見られそうだ。最近は男で塗ってる奴もいるが、いくら美意識からしているとしても、同性としては微妙《びみょう》だ。

そもそも、毎日毎日爪に何か付けるなんて面倒なことを、俺が続けられるとも思えない。

「透明《とうめい》なやつにすればいいだろ」

「……最近はやってないって言ってるだろ。必要ねぇよ」

速水の前で指先をぶらぶら振って見せる。爪を頻繁《ひんぱん》に噛んでいたのは数年前の話だ。高校を卒業する頃《ころ》には治まっていた。

今では爪の先にそれぞれ三ミリ程度、白くなった部分がある。

「じゃあこの調子で暗いところと狭《せま》いところも怖《こわ》くなくなるといいな」

「……」

「だってお前、車の免許《めんきょ》を取らないの、それが理由なんだろ？」

俺のトラウマを知っている速水が茶化《ちゃか》すように、けれど少し真面目《まじめ》な顔で言う。

余計なお世話だ。

「うるせぇって。お前は俺の親かなんかかよ」

「俺がもし仮にお前の親だったら、とりあえずその料理は止めたほうが良《い》いって忠告するだろうけどな」

本を持ってコピー室を出るときに、速水が俺の背中に向かってそう言った。

絶対バカみたいに美味《うま》い料理を作ってやると決意しながら、図書館に本を返してから近くのデパートに向かう。

精肉や鮮魚《せんぎょ》売り場にはほとんど近づいたことがなかったが、食材がずらりと並んでいるのはなかなか面白《おもしろ》い。

「ホロホロ鳥、はないのか……」

見回した限り、なさそうだ。というよりも見た限り鳥は鶏肉《とりにく》しかない。仕方ないので持参したコピーを捲《めく》って、別のレシピを出す。

「鴨肉も無いみたいだな」

大きなデパートだからてっきり何でも揃《そろ》っていると思ったが、意外に品揃えは薄《うす》いようだ。持ってきたレシピを全《すべ》て確認《かくにん》したが、どれも何かしら材料が足りない。鶏肉を使った料理でも「ブーケ・ガルニ」や「シブレット」、「パート・ブリック」というどのコーナーにあるのか見当も付かない材料が足りないせいで諦《あきら》める。

「もしかしてこれ、フランスじゃないと手に入らない材料なんじゃないだろうな」

作れる料理が一つもない。

所在なく精肉コーナーをうろついていると、不意に挽肉《ひきにく》の所にカード型のレシピが置いてあるのが目に入る。どうやらハンバーグのレシピのようだ。

「仕方ねぇな」

ハンバーグごときじゃ隆一を見返してやることはできないだろうが、何も作らなければ「やっぱり何もできないんじゃないか」という事になる。

「材料がないんだから仕方ないよな」

自分にそう言い訳をしながら、ハンバーグで妥協《だきょう》してレシピに書いてある材料を買った。

レジで会計するときにクレジットカードを出しかけて、使えなくなっていたのを思い出す。昼間にATMから下ろした現金で会計を済ませたが、ハンバーグ一つ作るのに結構な金額がかかる。よく節約するために自炊《じすい》をするという話を聞くが、これでは外食をしたほうがずっと安くあがりそうだ。

買ったばかりの食材を持って隆一の部屋に帰る。合い鍵《かぎ》を貰《もら》ったので、もう外で待つ必要はない。

誰もいない真っ暗な部屋が嫌《いや》で、電気が点《つ》くのを待ってからフローリングに上がった。外が見えないのが不安で、カーテンを開ける。同時に窓も開けた。冷たい空気が入り込んでくるが、それでもこの方が安心する。

身震《みぶる》いしながら、シャツの袖《そで》を捲《まく》ってキッチンに食材を置く。水で手を洗うとますます体は冷えたが、窓を閉めようとは思わなかった。一人きりで締《し》め切った場所にいるのは好きじゃない。

速水は直ればいいなんて簡単に言うが、残念ながらこればかりは直りそうにない。

「他人事《ひとごと》だと思いやがって」

悪態をついてから、料理に取り掛かる。

とりあえず、レシピ通りに材料を切って、挽肉と混ぜる。

「なんかぶにゅっとしてて気持ち悪いな」

卵と牛乳を混ぜた挽肉が指先にまとわり付く。さっさと終わらせてしまおうと手早く混ぜてから、胡椒《こしょう》を振りかけた。それから、それをフライパンで焼く。

弱火で蓋《ふた》をして蒸《む》すと書いてあるレシピ通りに、蓋を被《かぶ》せた。

べたべたに汚れた手を洗っていると、再び体が冷えてくる。

ひゅう、と入り込んできた強い風が白いカーテンを揺《ゆ》らしていた。

「寒い」

ずっと洟《はな》を啜《すす》ってから、この間隆一が淹《い》れてくれた紅茶を思い出して飲みたくなった。

けれど茶葉を入れるステンレスの器具が見つからない。仕方なくブランデー入り紅茶の紅茶抜《ぬ》きを飲むことにして、グラスに直接ブランデーを注いだ。

口を付けると、独特の匂《にお》いがして体が内側から温かくなる。

「まだ帰って来ねぇのかな」

まさか今日も女と一緒《いっしょ》ということはないだろう。いや、隆一ならあり得る。

「女好きだもんな」

不意に自分の爪が目に入る。隙間《すきま》に先程《さきほど》の挽肉がまだ詰《つ》まっていて、仕方なく再び水を使って手を洗う。手を洗いながら、何も水で洗うことはなかったのだと気づく。

「バカか、俺は」

温度を切り替《か》えて、お湯で爪の隙間を丁寧《ていねい》に洗った。

昔みたいに短かった頃なら爪《つめ》の隙間なんて無かったから、こんなところに何か詰まることもなかった。

「隆一に指摘《してき》されたのがきっかけなんだよな」

隆一と初めて会ったのは中学二年の秋だった。

親父《おやじ》が当時大学に入ったばかりだった部下の息子《むすこ》に家庭教師を頼《たの》んだと知り、「余計なことを」と思ったのをよく覚えている。

俺の成績は平均点よりは辛《かろ》うじて上、というレベルだった。その成績で行ける高校に行けばいいと思っていたから、塾《じゅく》に行く気も積極的に勉強をする気もなかった。

それなのに塾より厄介《やっかい》な家庭教師がやってきた。一対一ではさぼれない。鬱陶《うっとう》しく思いながらその家庭教師に引き合わされた。辞《や》めさせてやろうと、会う前は意地悪く考えていた。

『はじめまして。加賀隆一です』

自己紹介《しょうかい》した男は、自分の大学名を誇《ほこ》るでもなく口にした。親父が家庭教師に連れてくるだけある、優秀《ゆうしゅう》な大学だった。そういう大学に行く連中はもっと勉強ばかりしているような、人慣れしていない雰囲気《ふんいき》だという偏見《へんけん》があったが、隆一はとてもそうは見えなかった。

その印象が良くも悪くも間《ま》違《ちが》いではなかったと知るのはすぐだった。家庭教師を引き受けてもらって三日目には、隆一が型どおりの優等生ではないと分かった。

『悪い、携帯電話《けいたいでんわ》切るの忘れた』

授業中に頻繁に掛かってくる電話が全て女からだと知ったときは、世の中には要領の良い人間がいるものだと思った。

頭も良くて、外見にも恵《めぐ》まれ、交友関係も広い。オマケに父親の上司にも気に入られている。週末をいつも違う女と過ごしている男のわりに、隆一の世間的な評価は高かった。

『どうやったら隆一みたいにうまく立ち回れるんだよ』

そう訊《き》いたのは、確か高校一年の春だった。派手なスポーツカーで露出度《ろしゆつど》の高い美人に送られて、俺の家に来た隆一が羨《うらや》ましかった。俺の言葉に隆一は片方の眉《まゆ》を上げて「お前みたいに思ってることを全て外に出すようじゃ無理だろうな」と笑った。

『俺、そんなに顔に出るか？』

『顔だけじゃない』

そう言って隆一が俺の指先を取った。爪が削《けず》られ、皮膚《ひふ》が剝《む》けて赤くなった指先は、ところどころ血が滲《にじ》んでいた。噛《か》みすぎてぼろぼろになった指先を人に見られることに抵抗《ていこう》を覚える。隠《かく》すように指を握《にぎ》り込もうとすると、隆一は「ストレスに弱いっていうのが、これを見ただけで分かる」と言った。

『ストレスに弱い人間には何も任せられない。まずは、それを直すことから始めろ』

『これって、そこまで大げさなもんじゃないだろ。大人になってもやってる奴《やつ》いるし』

『外聞が良くない癖《くせ》だってことは分かってるんだろ？』

『そうだけど……』

『赤ん坊《ぼう》みたいに指しゃぶりする年でもないだろう』

そんな風に言われて腹が立った。何も知らない癖に。

睨《にら》み付けようとしたときに、ぼろぼろの指先に口づけられる。

『わっ』

思わずびくりと肩《かた》を揺らす。ねっとりと舌で指先を舐《な》められた。皮膚が剝け、一番肉に近い薄い膜《まく》の上を隆一の舌がなぞっていく。

そのまま「ちゅ」と音を立てて、指が温かく湿《しめ》った口内に含《ふく》まれる。

『んっ』

女の体も知らないくせに、そっちの興味ばかりが強かった高校一年生の俺に、指先とはいえ他人の舌から与《あた》えられる刺激《しげき》は強すぎた。

吸い付かれると、薄い皮膚に痛みが走り、同時に体の奥が熱くなる。隆一の舌の動きが卑猥《ひわい》で、まるで指じゃなくて別のものにされているようだと考え、自分のその想像に更《さら》に煽《あお》られた。

『りゅう、いち』

何でこんな事をするんだ、と尋《たず》ねようとしたときに指は離《はな》される。

濡《ぬ》れた指を拭《ぬぐ》うことも考えつかずに、ぼんやりと見上げると平然とした顔で隆一が「次に血が出たらまた舐めてやる」と言った。

『は、なにそれ？』

『俺に舐められたいなら、また噛んでもいいけどな』

そう言って、隆一の手にもう片方の手も取られる。一番酷《ひど》く、血が滲んだ小指も同じように舐められた。舌は指先から関節を通り、指の付け根まで辿《たど》る。指の股《また》を軽く吸われて、ぞくりと背中が震《ふる》える。

『ふっ』

『勃《た》ってるのか？　男に舐められて』

きつくなった制服の下を指摘されて、頬《ほお》に血が上った。制服を押し上げる欲望《よくぼう》を隠すように前かがみになる。指を引き抜こうとしたが、隆一に手首を捉《とら》えられて、それも敵《かな》わない。

『っ』

こんなことで勃起《ぼっき》している自分が恥《は》ずかしくて、誤魔化《ごまか》そうとしたがうまくいかない。

『も、いやだ』

情けない気分で口にする。

『隆一』

助けを求めるように名前を呼ぶと、ようやく指が離された。安堵《あんど》と同時に、落胆《らくたん》するような複雑な気持ちになった。

視界に入った隆一の濡れた唇《くちびる》にぞくりとして、余計に下半身が重くなる。

『……トイレ』

冷静な顔をしている隆一に比べ、俺はとても冷静じゃいられなかった。恥《はじ》を忍《しの》んでそう口にしたが、もう少し治まらないと立ち上がれそうにない。泣きたい気分で唇を噛む。

『そんな顔するなよ。俺がいじめたみたいだろ』

同性の前で勃起するのは、いや他人の前でこういう状態になるなんて初めてだった。恥ずかしい。居たたまれない。萎《な》えたい。死にたい。

とりあえず、俺にできることと言えば元凶《げんきょう》を睨み付けることぐらいだった。

『分かったから、そんな顔するなよ』

何が分かったのか訊く隙《すき》もなく、背後から回った腕《うで》が布の下で押しつぶされている場所に伸《の》びる。

『りゅう……っ』

『あんまうるさくするな。人が来るぞ』

脅《おど》すようなその言葉に、奥歯を噛み締めた。

父親は帰りが遅《おそ》い。義理の母親は外で遊び歩いていていつも家にいない。けれど、その代わりに家政婦がいつも来ていた。平日の朝七時から夜の五時まで。金曜日は土日の分の料理も作るから、いつも夜の八時までいる。

時計は七時半を指していた。まだ家政婦は家に居る。俺の部屋は二階の隅《すみ》で、キッチンからは少し離れていた。安い造りの家ではないから、声も物音もよほどうるさくしなければ聞こえないだろうが、同じ家の中に誰《だれ》かが居るのにそういう行為《こうい》に及《およ》ぶというのは、それだけで恐《おそ》ろしかった。

『何するんだよ』

『責任取って抜《ぬ》いてやるよ』

隆一はそう言うと、スラックスのファスナーを下ろして硬《かた》くなった俺のものを取り出した。

『う…ぅ』

恥ずかしさで、本気で死にたいと思った。

蛍光灯《けいこうとう》の下にトランクスの中から取り出された自分の欲望が晒《さら》される。べたべたと先を濡らしているのが最悪だった。

まだ仮性気味だったそれが隆一の手で剝かれる。

『あ……』

普段《ふだん》は隠れているカリまで露出《ろしゅつ》される。子供みたいな色をしているその場所はひどく敏感《びんかん》で、空気に触《ふ》れているだけでじわりと熱が生まれた。

先端《せんたん》が膨《ふく》れて、新しい刺激を期待しているような反応が居たたまれない。

逃《のが》れようと背中を反らせると、ギシリと椅子《いす》が鳴った。背もたれ越《ご》しに隆一の胸にぶつかり、結局どこにも逃《に》げ場がないと知る。

『こ、こんなの…っ、なんでするんだよっ』

『抜かないと授業にならないだろ』

『だ、だからって、隆一がすることないだろ！』

『動けないんだろ？』

からかうように隆一が笑った。その顔が格好良《い》いなんて、気付きたくなかった。

格好良いと思ってしまったことが悔《くや》しくて、だけど何故《なぜ》だか体の芯《しん》が余計に熱くなる。

『あっ、あっ』

女みたいな声が出る。

剥き出しにされた場所を親指の腹で優《やさ》しく撫《な》でられた。痛みと快感。相反する強い刺激に、すぐにでも達してしまいそうだった。

先端から透明《とうめい》な先走りが溢《あふ》れたせいで、擦《こす》られる度《たび》にくちゅくちゅとそこが音を立てる。

『良いのか？』

いやらしい匂《にお》い。いやらしい音。いやらしい声。

『隆一、こんなの、やめろよ』

口ではそう言いながらも腰《こし》が揺《ゆ》れそうになる。力ずくでどうにか隆一の腕から逃れるという選択肢《せんたくし》は既《すで》に消去されていた。

初めて他人の手から与えられる快感が強烈《きょうれつ》すぎて、先走りが止まらない。

『いけよ』

耳元で隆一がそう囁《ささや》く。

それだけはどうにか堪《た》えていたが、甘美な誘《さそ》いにぐらりと心が傾《かたむ》いた。出したいと、疼《うず》くように鈴口《すずぐち》が開く。精液を漲《みなぎ》らせた性器が隆一の手のなかでぐんと嵩《かさ》を増し、その直後に白濁《はくだく》したものを吐《は》き出す。

精液は隆一の掌《てのひら》に受け止められた。濃《こ》い匂いに今更《いまさら》ながら羞恥心《しゅうちしん》が蘇《よみがえ》ってくる。

『手、放せ』

まだ触《さわ》られたままのそこを解放して欲しくて、目に涙《なみだ》を溜《た》めながら言った。

要求通りに解放される。手を洗いに行った隆一は「あんまり爪《つめ》、齧《かじ》るなよ」とあっさりと口にする。

『それ、言うだけで良かっただろ。こんなことしなくても』

『口で言うだけじゃ聞かないだろ。また爪がひどくなったら、舐めてやるよ』

『いるか……っ』

思い切り投げた参考書を、あっさりと隆一は避《よ》けた。

それから授業は再開されたけど、とても集中なんてできなかった。一ヵ月は隆一の顔を見るたびに赤面するはめになって、夜中に思い出しては布団《ふとん》の中で「わー!」と叫《さけ》んでいた。

隆一はなんの変わりもなかった。俺ばかり気にしているのが恥ずかしかった。

生まれてから十六年間、あんな恥ずかしい思いをしたのは初めてだった。

自慢《じまん》じゃないが、顔は良いんだ。女から男まで頼《たの》みもしないのに寄ってきた。それに金もあった。だから学校じゃ中心的存在で、何かを決めるときはクラスの大半がノーと言っても、俺がイエスと言えば簡単にみんな俺の意見に従った。

きっと俺が隆一を見るような目で、同級生は俺を見ていた。だから、ろくに屈辱《くつじょく》なんて感じたこともなかったし、あんな燃えるような羞恥心もあのときまでは知らなかった。

「思い出したら死にたくなってきた」

あれから人並みに彼女もできて、今まで何人かとつき合ったが、他人に触れられてあれほど動揺《どうよう》したのもあれほど鮮明《せんめい》に記憶《きおく》に残っているのも、あの一度きりだ。

「クソ」

隆一に知られたら絶対にからかわれる。

舌打ちして頭を掻《か》いたときに、もうもうと煙《けむり》を上げているフライパンに気づく。

「うわっ」

慌《あわ》てて蓋《ふた》を外すと、もうっと白い煙が立ち上り、焦《こ》げ臭《くさ》い匂いが広がる。

加熱を止めて、恐る恐るフライ返しでひっくり返すと、接触面《せっしょくめん》は元から炭だったとでも言うように、黒々と焼《や》け焦げていた。

「マジか」

十人に訊《き》いたら十人が認める、完全な失敗作だ。

しかし、材料は他《ほか》にない。仕方なくまな板の上にそれを載《の》せて、包丁を横にしながらなんとか焦げた部分を切り取る。

「勿体《もったい》ねぇ」

ハンバーグは当初の半分以下の薄《うす》さになった。どこかの店のハンバーガーに入っているハンバーグ並みに薄い。

焦げたフライパンを洗ってから、もう一度油を引いてハンバーグを焼く。しかし、焦げた部分を切ったせいで、ぼろぼろと肉が崩《くず》れていて、どう見ても不味《まず》そうだ。

「そういえば……」

使えないと思ってバッグに突《つ》っ込んだままのコピーの束を取り出す。

何枚か捲《めく》ったときに、そこに目当ての文句を見つける。

〝香《かお》りをつけ、味の旨味《うまみ》をより引き出すためにフランベを行う〟

「これをやれば、なんとか挽回《ばんかい》できるかも」

焦げ臭いハンバーグも、フランベという名の回復魔法《まほう》で見事に復活を遂《と》げてくれるはずだ。

前にアースの店でフレンチを食べたときに、テーブルの横でやってもらった事がある。軽く火を点《つ》けてアルコール分を飛ばすだけで、ずいぶん肉の味が良くなるものだと知った。

レシピには〝ブランデーを鍋《なべ》の上に軽く振《ふ》る〟と書いてある。

「ちょうどブランデーもあるしな」

ぼろぼろになった肉に、琥珀《こはく》というよりは飴色《あめいろ》に近いブランデーを振り掛ける。その瞬間《しゅんかん》ぶわっと炎《ほのお》が目の前に広がった。

「!?」

慌てて後ろに下がる。フライパンの上では予想以上に強い火が立ち上っていた。

「ありえねぇ」

一瞬でぶわっと広がってすぐに消えるんじゃなかったか、と思いながら炎を見つめ恐る恐る鍋の蓋を投げる。確かフレンチの店で、こうなったときに蓋をして消していた。

蓋で炎が見えなくなってから、おそるおそる加熱を止める。

足下《あしもと》には慌てたせいで取り落としたブランデーの瓶《びん》が、中身を零《こぼ》しながら転がっていた。

「まずい」

隆一に怒《おこ》られる。

慌ててボトルを拾うが、半分以上残っていない。

これが高い酒だということは、有名なロゴが描《えが》かれたラベルを見れば分かる。

とりあえず床《ゆか》の上を片付けなければとダスターを探しているときに、玄関《げんかん》のドアがガチャリと開く音がした。

シンクの中には切り取った真っ黒なハンバーグの欠片《かけら》と、上手《うま》く割れなかった卵の殻《から》。また板の上はパン粉と、タマネギの残骸《ざんがい》が散乱している。

着ていたシャツには卵や油の飛沫《ひまつ》が飛び散り、ひどい有様になっていた。

そして極《きわ》め付きは床の上のブランデーだ。言い訳のできない惨状《さんじょう》に、思わず額に手を当てる。

止める間もなくリビングのドアを開けて入ってきた隆一は匂いで全《すべ》てを察したのか、呆《あき》れ顔のままで被害状況《ひがいじょうきょう》を確認《かくにん》するように台所を見回す。

「ひどいな」

「故意にやったわけじゃねぇよ」

反論も、さすがに弱々しいものになる。最悪「合い鍵《かぎ》を返せ」と言われても仕方がない。

不意に、近づいた隆一が俺の前髪《まえがみ》に触《ふ》れた。

「っ」

指先がかすかに額に触れて、そのことに自分でも呆れるぐらい大げさに驚《おどろ》く。先ほどまで思い返していた高校時代の記憶のせいだろう。

不自然に思われないように、俺の髪を摑《つか》む隆一の手を振り払《はら》う。

「焦げてる。一体どうやったら料理中に前髪が焦げるんだ？」

「……フランベしようと思ったんだよ」

焦げた髪の毛からは、嫌《いや》な匂《にお》いがした。

あんなことを思い出した後では、こんなに近い距離《きょり》にいる隆一に落ち着かなくて、離《はな》れるためにフライパンに近づく。

蓋を取ると、中にはフランべをする前と変わらない、ぼろぼろのハンバーグがあった。入れ過ぎたブランデーに浸《つ》かっているそれは残飯みたいだった。

「ハンバーグ、作ったんだけど」

俺の言葉に、隆一はジャケットを脱《ぬ》いでいつものようにカフスボタンを外してから、袖《そで》を捲《まく》りあげる。

「とりあえず、片付けが先だろ」

濡《ぬ》れた床を見下ろした隆一に、俺は大人しく頷《うなず》いた。


昨日の一件で得た教訓は「難しいことはするな」ということだ。

とりあえず「ガエタン・アース」に別れを告げて、新しく『牛沼《うしぬま》サチヨの新米主婦のためのレシピ百選』を買ってきた。

こんなものを買ってせっせと料理を作ってる自分がバカみたいなので、料理本はベッドの下に隠《かく》す。小中学生のエロ本じゃあるまいしと自分でも呆れたが、ここぐらいしか安全な隠し場所が見当たらなかった。

「なぁ、どう？」

とりあえず、作ったのは一番簡単そうだった野菜炒《いた》めと味噌汁《みそしる》と焼き魚だ。ご飯は少しべたついているが、初めてならまずまずじゃないかと思って尋《たず》ねる。

隆一はご飯と野菜炒めを一口ずつ食べた。

「不味《まず》い」

「そういうこと言うかよ。普通《ふつう》」

むっとしながら魚を箸《はし》で突《つつ》く。生焼けしないようにと気を遣《つか》ったせいで、皮は黒く焦げているが、中はちゃんと食える。

「他に言うことないのかよ」

「硬《かた》い」

ゴリゴリ、バリバリと音を立てながら野菜炒めを口に運ぶ隆一がそう言った。

「料理できるって言葉を撤回《てっかい》しろ。世の中の本当に料理ができる人たちに失礼だ」

「そこまで言うことねぇだろ！」

バン、とテーブルを叩《たた》く。

隆一は眉《まゆ》を寄せて眉間《みけん》に皺《しわ》を作りながら、相変わらず破壊《はかい》的な音を立てて、美味《おい》しくなるはずだった野菜炒めを咀嚼《そしゃく》していく。

「それより、神山社長と仲直りはどうしたんだ？」

「……するよ。するけど、今は就職活動の準備でいろいろ忙《いそが》しいんだよ」

「就職活動なんてしてないだろ？」

訝《いぶか》しげな視線から逃《のが》れるように、味の濃《こ》い味噌汁に箸を付ける。中に入っている大根が、シャキシャキしすぎて歯が痛い。

「俺……絶対に会社は継《つ》がねぇから」

隆一の目を見ずにそう言った。親父《おやじ》みたいに失望して怒り出すかと思って身構えていたが、隆一は特に気分を害した様子も見せない。

恐《おそ》る恐る顔を上げると、視線がぶつかる。どうやら本当に怒っているわけではなさそうだ。

「それで、お前は何の仕事に就《つ》きたいんだ？」

「え？」

「就きたい職業があるんだろ？　何になるつもりなんだ？」

「あー……それは、その……」

明確に何かを考えていたわけじゃない。ただ、親父の会社を継がない、ということしか決めていなかった。

「いや、別にそれはいいじゃん」

まだ三年の春先だ。この時期に進路が決まっていない連中なんて、何人もいる。本格的な就職活動はどうせ秋以降なんだから、素直《すなお》に隆一にまだ何も分からないと言えばいいのだが、隆一を通してそれが親父に伝わるのが嫌だった。

「一週間の期限は延長しないからな」

「……分かってるよ」

もうすでに鍵を貰《もら》ってから三日目だ。この様子では一週間後には出て行けと言われるだろう。

「俺、ここに住んだら駄目《だめ》?」

却下《きやっか》されるのを承知で尋ねてみる。中学時代ならさておき、今や身長が百七十台後半の男が上目遣《うわめづか》いで見上げたとしても、なんの効果もないことは分かっているが駄目もとでやってみた。

案の定隆一は「バカか」と一言で俺の申し出を退ける。

「料理とか洗濯《せんたく》とか、掃除《そうじ》もやるけど」

「その二次災害を片付けるのは誰《だれ》だと思ってるんだ?」

「……そのうちうまくなるって」

昨日は肉が焦《こ》げ付いたフライパンを洗うのを手伝って貰い、今日は蓋《ふた》を閉めずに回したミキサーの飛び散った中身を片付けるのを手伝って貰った。

洗濯ならトラブルなくできそうだ。とりあえず、説明書を読むところから始めればいけるだろう。掃除機も同様だ。

「家事の練習なら自分の家でやるんだな」

「なんだよ。女には優《やさ》しい癖《くせ》に。この料理だってもし女が作ったら不味いなんて言わないだろ」

俺の言葉に自分の分は全て食べきった隆一が、皿を持って立ち上がる。

「言わないが、そもそも食べない」

「それって、もっと酷《ひで》ぇ」

隆一のことだから、女が作った物なら何でも褒《ほ》めながら食べると思っていた。

「世の中には相手を不快にさせない断り方がいくつもあるんだ。それに、俺は不味い料理をうまいと言えるほどできた人間じゃない」

隆一はそう言ってシンクの皿を片付ける。

「先に風呂《ふろ》に入ってこい。それから、その醤油《しょうゆ》で汚《よご》れた服を何とかしろ」

指摘《してき》された通り、白い服の胸の辺りに野菜炒めを味付けしたときに飛んだ醤油の染《し》みがいくつもある。

少し油を多めにしてしまったせいと、野菜炒めにイカを使ったせいで醤油が跳《は》ねて、水玉模様ができてしまっていた。

料理をする度《たび》に服が汚れてしまう。エプロンを買おうかとも考えたが、所帯臭《くさ》くてする気になれない。

「分かった」

おとなしくバスルームに向かう。風呂に入ってから、先程《さきほど》隆一が言ってた「そもそも食べない」という言葉を思い出す。

「あれってもしかして、俺が作ったから不味くても食べてくれたのか？」

隆一は遠慮《えんりょ》なく「不味い」と口にしたし、食べている最中も本当に不味そうだった。

それでも、全《すべ》て食べてくれたのは俺だからだろうか。そう考えると、自然と口元が弛《ゆる》む。

「明日《あした》は、もう少し美味《うま》いものを作ろう」

風呂を出てから、醤油が飛び散ったシャツを洗濯機に入れて、一緒《いっしょ》に漂白剤《ひょうはくざい》を一本分入れる。

部屋に戻《もど》ると、相変わらず隆一は仕事をしていた。

「なぁ」

振《ふ》り返らない背中に声をかける。

「どうした？」

キーボードを打つ手を止めないままで訊《き》き返される。仕事中毒っていうのは、もしかしたら隆一のような男を指すのかもしれない。尤《もっと》も、俺がいるせいで女と遊べないから仕事をしているだけかもしれないが。

「いつもどこで寝《ね》てるんだよ」

「ソファの上だ」

「ベッド、広いのに使わないのか？」

「男二人で寝るために買ったわけじゃない」

「そりゃ、そうかもしれないけど」

ずっとソファでは疲《つか》れが取れないんじゃないだろうか。ただでさえ遅《おそ》くまで仕事をしている。

「じゃあ、俺がソファで寝ようか？」

居候《いそうろう》らしく譲歩《じょうほ》すると、隆一は「お前はそんなこと気にしないでさっさと寝ろ。むしろ、気にしてくれるなら早めに神山社長と仲直りしてくれ」と素っ気なく言った。

「う……」

「あんまり煩《わずら》わせるな」

「悪かったな、邪魔《じゃま》して」

そういう言い方することないだろ、と思いながら寝室に向かう。

ベッドに入りながら、少し悲しくなった。

昔はもっと優しかった。知らないことも色々教えてくれた。

余計なことも教えてくれたけど。

『好きな子ができた』

そう打ち明けて色々と指示を仰《あお》いだのは十六のときだった。隆一に後押しされる形で、高校一年の夏に好きだった女とつき合うことになった。

初めてのデートの前日、隆一にキスの仕方を教えて貰った。一度抜《ぬ》かれているから、そのこと自体にそれほど羞恥《しゅうち》はなかった。

まさか実践《じっせん》されるなんて思ってもいなかったけれど。

『相手の反応を見ながら、ゆっくりな？』

そう言って角度を変えて、隆一は俺の唇に触《ふ》れた。戸惑《とまど》ううちに舌を搦《から》め捕《と》られて、隆一に寄り掛かる頃《ころ》にはだんだんと羞恥心は薄《うす》れてしまった。

あのとき頭がぼんやりしたのは、初めてのキスで酸欠になったせいなのか、それとも隆一のテクのせいだったのか、よく分からない。

「そういや、あの後すぐに家庭教師を辞《や》めたんだよな」

ゼミが始まるから、という理由だった。俺も親父も引き留めたが、結局はうまい言葉で丸め込まれた。

一緒に出掛《でか》ける回数もずいぶんと減って、年に何回か会うだけになった。遊びに誘《さそ》っても、「忙しい」と決まり文句で断られた。

それでも、一度会えば何ヵ月も会わなかったなんて思えないほど自然に話ができた。

「キス、そういえば初めての相手って隆一なのか」

俺はゲイじゃないけど、気づけば初めて他人の手でいかされたのも隆一だった。

「冷静に考えるとそれって、ありえねぇ」

俺がゲイじゃないように、隆一だってゲイじゃない。あんな女好きがゲイであるはずがない。

子供の頃はそれなりに顔が整っていたせいで、色々と嫌《いや》なめにも遭《あ》った。だからそういう意味で俺に興味を持っている人間には、わりと鼻が利《き》く。

けれど隆一からはそういう雰囲気《ふんいき》を感じたことはない。

「からかわれただけだ」

指を舐《な》められたときも、手でイカされたときも、キスをされたときも。そこに何か特別な理由があったわけじゃない。

改めて考えてみると腹が立つ。全部隆一の好きなようにされている気がする。

あのときもっと反抗《はんこう》していれば良かったと思うが、ろくな抵抗《ていこう》をした記憶《きおく》がない。

気持ち良すぎて、抵抗を忘れていたなんて、絶対に認めたくはない。

「力の差だろ。だから抗《あらが》えなかったんだ」

言い聞かせるように声に出す。それから、部屋のドアをじっと見つめた。

もしも今あんな風に襲《おそ》われても、きっと抵抗できる。だけど今の俺にはそんな気も起こらないだろう。男らしく骨張った自分の手を見下ろしながら、隆一が優しくなくなったのはそのせいのような気がした。


『今日は帰りが遅くなる』

「遅くなるって、何時頃《ごろ》になるんだよ？」

『分からない。夕食は食べてくるから作らなくて良《い》い』

「了解《りょうかい》。作る手間が省けて良かった」

そう言って電話を切って、買い物籠《かご》に入っている今夜の夕食の食材を見つめる。

同じゼミの女から聞いた、絶対に失敗しない料理の材料が二人分入っていた。棚《たな》に戻そうかと思ったが、明日作ればいいと思い直して、残りの材料をオレンジ色のプラスチックでできた買い物籠に入れた。

途端《とたん》に料理する気が失《う》せて、夕食はデパートの最上階にあるレストランで済ませる。

帰りはそのまま地下を通って駅の改札に行き、滑《すべ》り込んできた電車に乗り込む。

電車に乗ってから、車窓に雨粒《あまつぶ》がぶつかるのを見て、外の天気に気づく。

マンションまで濡《ぬ》れて歩くか、それとも駅前のコンビニかキヨスクで傘《かさ》を買うはめになりそうだ。

こういうときに、車の免許《めんきょ》を取っていないことを後悔《こうかい》するが、車に一人で乗るなんてそんな恐《おそ》ろしいことはできそうにない。

知り合いが一緒なら辛《かろ》うじて我慢《がまん》できるが、たとえ自分が運転手であっても、一人きりは無理だ。

「結構降ってる」

駅を出たところで傘を買おうとしたが売り切れだった。タクシーは乗客が列を作っている。

仕方なくマンションまで早足で歩く。着いた頃には体がすっかり冷たくなっていた。

どこからか、雷鳴《らいめい》まで聞こえる。

「嫌だな」

隆一の家に入ってから、いつものように明かりを点《つ》けた。買ってきた食材を冷蔵庫に入れて、風呂《ふろ》を沸《わ》かす。

カーテンを開けっ放しの窓から外を見れば、空には暗雲がたれ込めて時折ゴロゴロと光るのが見えた。

雷鳴と稲妻《いなずま》の間隔《かんかく》を数える。「大丈夫《だいじょうぶ》、まだ遠い」と、自分自身に言い聞かせるように胸の内で呟《つぶや》いた。

「懐中《かいちゅう》電灯の在《あ》り処《か》、聞いておけばよかった」

風呂が沸いたと自動応答のアナウンスが聞こえ、身震《みぶる》いしながら服を脱《ぬ》ぐ。

ジーンズも湿《しめ》っていたので、上着と一緒《いっしょ》に洗濯機《せんたくき》に放《ほう》り込む。

浴室に入って、シャワーで体を洗う。それから湯船に体を沈《しず》めると、お湯が溢《あふ》れて排水口《はいすいこう》に向かい流れていく。

浴槽《よくそう》の縁《ふち》に後頭部を当てて、そのまま天井《てんじょう》を見上げる。

窓硝子《まどがらす》にぶつかる雨風を見ながら、早く隆一が帰ってくれば良いと思った。

体が温まった頃を見計らって湯船から上がると、その瞬間《しゅんかん》ふっと電気が消える。

「っ」

停電だ。頭ではそう分かっていた。それを懸念《けねん》していたのも事実だが、それでも感情が理性を上回って、動悸《どうき》がする。

「大丈夫。大丈夫」

自分に言い聞かせるように呟く。ガチガチと歯の付け根が鳴る。

情けないと思いながらも、震える体をどうしようもない。ジーンズを脱いだときに携帯《けいたい》を洗面台に置いたのを思い出す。液晶《えきしょう》の僅《わず》かな光でも、無いよりはましだ。大げさなぐらい高鳴る鼓動《こどう》を抑《おさ》えるように胸に手を当てる。足が縺《もつ》れて、浴室の段差で躓《つまず》いた。

「う……っ」

自分が酷《ひど》く惨《みじ》めに思える。腕《うで》をついて立ち上がる。打ち付けた膝《ひざ》が痛いが、それよりも携帯が欲しくて手探《てさぐ》りで捜《さが》した。けれど見つからずに焦《あせ》る。

「どこだよ」

震える耳障《みみざわ》りな自分の声を聞いていると、不意に玄関《げんかん》の方から物音が聞こえた。

ガタン、という音に自分でも大げさだと思うぐらいに怯《おび》える。

フラッシュバックする記憶に、歯の根が鳴る。

『お嬢《じょう》ちゃん、これは君の父親への罰《ばつ》だ』

痩《や》せた男はそう言ってトランクを閉めた。

排気《はいき》ガスの匂《にお》いと土ぼこりの味。ひりつく喉《のど》の痛みと震えるほどの恐怖感《きょうふかん》。

今も全部覚えてる。何年経《た》ってもきっと忘れられない。

あのとき「助けて」と叫《さけ》んだ自分の声が、今も時折鼓膜《こまく》を震わせている。誰《だれ》も応《こた》えないその悲鳴に、俺は未《いま》だに怯えている。

「裕希？」

自分の名前を呼ぶ声にほっとする。

その時、指先に捜していた携帯電話が触れたが、慌《あわ》てたせいで床《ゆか》に落とした。

「いるのか？」

声がかけられて、ドアが開けられる。暗い中、なんとか確認《かくにん》できる隆一の顔を見て、思わず抱《だ》き付いた。がたがたと震えながら、少しでも体を密着させようと背中をかき抱《いだ》く。

とまどう隆一に「助けて」と口にする。

縋《すが》り付くようにシャツを掴《つか》み、隆一の首筋に顔を押し付けた。自分の中の不安が、ぐるぐると回って爆発《ばくはつ》しそうだった。

頭では分かっているのに、体を制御《せいぎょ》できない。

「落ち着け」

冷静な声が落ちてきて、背中を腰《こし》まで撫《な》でられる。その手が何度も行き来する。

先日吐《は》いたときに背中を擦《さす》ってくれたのと同じ動きだ。隆一には相変わらず、格好悪い所ばかり見られている。

「ただの怖《こわ》がりじゃなくて、暗所恐怖症《きょうふしょう》か？」

その問いかけに、がくがくと頷《うなず》く。呼び方なんてなんでもいい。暗闇《くらやみ》と閉じた空間が怖くて堪《たま》らない。一人きりで、こんな風に突発的《とっぱつ》にその中に投げ込まれると余計だ。

しがみ付いたまま、力が入りすぎてうまく開けない掌《てのひら》からどうにか力を抜《ぬ》こうとするが、うまくいかない。パニック状態だ、と頭の中の冷静な部分が他人事《ひとごと》のように判断する。

「りゅう、いち」

ぜっぜっ、と呼吸が速くなる。過呼吸になる徴候《ちょうこう》だ。今まで何度もあった。過呼吸状態の自分の顔は笑えるほどブサイクで、情けないのを通り越《こ》して滑稽《こっけい》だ。

そんな顔を隆一に見せたくはなかったが、こうなるともう自分では抑えられない。次第《しだい》に呼吸のテンポを取れなくなっていく。速くなっていくのは分かるのに、どうすることもできない。

「お、俺…っ」

苦しい。掌で口を押さえるが、呼吸のペースが落ちない。

「ふっ、うっ…く」

「裕希」

不意に優《やさ》しい調子で名前を呼ばれる。

誘《さそ》われるように顔を上げると、掌が外されてゆっくりと唇《くちびる》が重なった。

びっくりして、喉の奥が「ひゅっ」と鳴る。

「っ…あ、ぁ」

息が吸われる。キスで、呼吸ができなくなる。喉が震える。

逃《のが》れようと隆一の手を引っ掻《か》いたが、外れない。息ができないことが恐ろしくて、藻《も》掻《が》くように隆一の背中を叩《たた》く。

「ふ、う、ぅ」

息を吸おうとすると、隆一の舌が邪魔《じゃま》をする。反射的に歯を立てた瞬間、舌の上に血の味が広がり、余計に怖くなった。

「は、はぁっ、く、う…ぁう」

あやすように、再び背中が撫でられる。ちゅく、と舌が音を立てる。鼻から息を吸った。卑《ひ》猥《わい》な動きを始めた舌に意識を取られ、苦しかった呼吸がだんだん元に戻《もど》っていく。広がった血の味も薄《うす》れていった。

「もっ、も、う」

もういい、と言いかけた言葉ごと呑《の》み込まれる。

「ん、んっ」

逃れようとすると、背中に回された手で腰を引き寄せられる。

スーツを着たままの体に、剝《む》き出しの肌《はだ》が触《ふ》れる。隆一のベルトのバックルの金属がひやりと冷たい。

「隆一」

唇を離《はな》して名前を呼ぶ。頼《たよ》りない自分の声と耳障りな呼吸音が煩《わずら》わしい。

隆一は俺が嚙《か》み付いた所に指を当てると、指先に付いた僅かな自分の血を舐《な》め取った。

「悪い」

舌を嚙んだことを謝ってから、呼吸を整える。隆一にだけは知られたくなかった自分のトラウマを知られ、居たたまれない気持ちで濡れた唇を拭《ぬぐ》う。

大分落ち着いてきた。隆一が傍《そば》に居ると思えば、恐怖はどんどん薄れていく。

深呼吸をしたときに、再び唇が舐められた。歯の間から入り込んだ隆一の舌が、俺の舌の側面を撫でていく。

「ん、ぁ」

さっきよりも、濃厚《のうこう》なキスだ。いやらしく器用な舌の動きに、肌が過敏《かびん》になっているような気がする。キスしながら背中を優しく撫でられて、さっきまでの恐怖心が跡形《あとかた》もなく消えた代わりに、別のものが芽生え始める。

「あ…っ」

力ずくでどうにか隆一を押しのけた。せっかく整えた息がまたあがる。

「勃《た》ってるな」

不意に冷静な声で言われ、確かめるように落とした視線の先に、いつの間にか硬《かた》くなっている自分のものがある。

「っ」

指摘《してき》されるまで気づかなかったその反応に、慌てて勃起《ぼっき》したそれを手で隠《かく》そうとすると、隆一に手首を摑まれる。

「昔から、キスだけで勃たせてたな」

隆一のもう片方の手が、中途半端《ちゅうとはんぱ》に頭を擡《もた》げている先端《せんたん》を持ち上げるように、下から触れた。

他人の手に触れられるのは久しぶりだ。女と最後にしたのは、いつだったかと考えてみればもう二ヵ月近く前だった。自分の手でもこの所触れていない。昔から淡泊《たんぱく》なほうだった。射精した後にいつも空《むな》しくなるから、セックスもオナニーもそれほど好きじゃない。

「っ……ふ」

隆一に触れられるのは高校一年のとき以来だ。

あのときよりも無骨で硬い指が、柔《やわ》らかな皮膚《ひふ》に触れる。隆一に触れられていると思うだけで、じわじわとそこが重く反り返っていく。

恥《は》ずかしい体の反応に、泣きたい気持ちで視線を逸《そ》らす。

「裕希」

不意に湿《しめ》った唇が首筋に触れた。

「りゅ、ういち」

治まりかけていた鼓動《こどう》が、再びどくんと大きな音を立てて跳《は》ね上がる。

「キスが好きなのか？」

唇が肌に触れるたびに体が震《ふる》える。耳に舌が入り込み、鼓膜から犯《おか》される。直接響《ひび》く淫音《いんおん》に思わず縋《すが》り付くように隆一の腕《うで》を掴む。

「っ」

隆一が張り詰めている場所をゆっくりと掌で包み込む。

「う……」

指先が根本を揉《も》んだ。そこからじわじわと快感が染《し》み込む。高校時代に一度された手淫と同じだ。だけどあのときよりもずっとやらしくて、気持ちがいい。

「……触《さわ》んな、よ」

抵抗《ていこう》するようにそう言ったが、指はきつく隆一のシャツを掴んでいる。縋り付くようなそれが悔《くや》しいが、離せば腰から崩《くず》れてしまいそうだ。

巧《たく》みに動く指先に、逃《に》げ出したいぐらい高められている。

「中身と同じで、あんまり成長してないんだな」

「……っ、うるさいっ」

勃起したものを見て呟《つぶや》かれた無神経なその言葉に腹が立つと同時に、羞恥《しゅうち》を覚える。

隆一の指が嬲《なぶ》るように睾丸《こうがん》を弄《いじ》るから、淡《あわ》い刺激《しげき》が電流のように這《は》い上がってきた。

「ふっ」

無意識に後ろに下がると、壁《かべ》に阻《はば》まれる。腰に回された手に強く引き寄せられて、身動きが取れなくなった。

「からかうのも、いい加減に……あっ」

皮のない先端を指先で擦《こす》られて、思わず高い声が出る。

自分の口から漏《も》れたその声に死にたくなる。隆一の顔は絶対に見たくない。絶対に人の悪い笑《え》みを浮《う》かべているはずだ。

「ん、ん……ぁっ」

先走りがとろりと先端から漏れて隆一の指を濡《ぬ》らしたのが分かる。

最悪だと思いながら、目を瞑《つぶ》って声を奥歯で噛み殺す。

「相変わらず反応が良《い》いな」

掠《かす》れた声で隆一が言う。耳に直接吹《ふ》き込まれる吐《と》息《いき》を含《ふく》んだ甘い声に、脳が痺《しび》れた。

女相手にいつもそんな声を出しているんだろうと考えると、なんとなく面白《おもしろ》くない。けれどそれ以上に、隆一のそんな声に反応している自分自身が余計に面白くない。

からかわれるものかと思いながらも、結局は隆一の掌《てのひら》の上で良《い》いようにされている。

あの頃《ころ》と違《ちが》って女みたいな顔や体じゃない。それなのにどうしてこんな趣味《しゅみ》の悪い悪戯《いたずら》を仕《し》掛《か》けてくるのかと、責めるように見上げる。

「あ、ぁ…あっ」

硬く反り返ったそれが、刺激を求めるように熱くなる。

「っ」

口の中に溜《た》まった唾液《だえき》を飲み込むと、ごくりと喉《のど》が鳴った。

女の滑《なめ》らかな細く柔らかい指の感覚とは違う。ざらついてごついその指が、追い立てるように絡《から》みつく。裏側の皮膚の縫《ぬ》い目を指の腹で擦られて、思わず大きな声が上がりそうになって、咄嗟《とっさ》に隆一のシャツに嚙みついた。

「ふっ、ふー…っ」

獣《けもの》みたいな声が吐息と共に漏れたが、なんとか声を上げないで済んだ。

口に含んだ隆一の襟首《えりくび》に、唾液が染み込むのが分かる。

「ん、っふ、う」

乱暴に扱《しご》かれて、ぐじゅぐじゅと音が上がる。濡れた性器が喜びながら震える。

「ふ、く……」

気持ちがいい。だけど認めたくない。

だから目を瞑って、シャツをひたすら嚙んだ。

どうしていきなりこんな状況《じょうきょう》になったのか、まだ付いていけないままの俺なんかお構いなしに、隆一の手が先走りを溢《あふ》れさせている先端を軽く引っ掻《か》いた。

「ふっ」

びくびくと震え、さらに先走りが零《こぼ》れる。穴を親指の腹で円を描《えが》くように弄られると、腰《こし》が痺れた。

「ふう、う、っ」

いつの間にか縋《すが》っていた手で爪《つめ》を立てる。

これ以上醜態《しゅうたい》は晒《さら》したくないが、隆一は許してくれない。腰を抱《だ》く腕の強さがそう物語っている。

「隆一っ」

シャツから口を離して名前を呼ぶ。咎《とが》めるために口にしたのに、すぐに甘い吐息が漏れる。

見上げた隆一の顔は笑っていなかった。少し怖《こわ》い顔で俺を見ている。

「あ……」

言葉が凍《こお》る。口を開けたまま、言うべき言葉を考えていると、先程《さきほど》と同じように唇《くちびる》が塞《ふさ》がれる。ゆっくりと口内を舐《な》められて、愛撫《あいぶ》するように舌が甘噛《あまが》みされる。

「っふ、……ぁ」

歯が邪魔《じゃま》だと思うほど深く口づけられた。いつも俺が女としてるキスよりも、もっと激しくてエロい。

「あ、ん、っあ、……隆一」

いきそうになって、首を振《ふ》る。先走りで濡れそぼった場所が、ぐちゅぐちゅと音を立てて限界まで張りつめている。尿道《にょうどう》をせり上がる精液の感覚に、ぞわりと背中が震えた。

「手……、放せ」

「出せよ」

限界を悟《さと》った隆一が囁《ささや》く。同時に耳に噛みつかれた。柔らかな耳朶《じだ》に、硬い歯がゆるく食い込む。

「う、あぁっ、あっ」

耐《た》えきれずに隆一の手の中で達した。掌で受け止められた精液が、俺の性器になすり付けられる。

「っや、……ぁ」

達したばかりで敏感《びんかん》なそこが、震えながら細かい快感を全《すべ》て拾い上げる。とろりと、残滓《ざんし》を吐《は》き出すように先端《せんたん》から精液が零れた。

思わず足下《あしもと》から力が抜《ぬ》けて、思わずその場にへたり込む。

「もう一回風呂《ふろ》に入り直せ。体、冷たくなってるぞ」

今までしていたことなんて、何もなかったような台詞《せりふ》に隆一を睨《にら》み付ける。隆一は俺の視線

に気づかないふりでバスルームを出て行く。

一人きりにされてから、いつの間にか電気が点《つ》いていることに気づいた。

怯《おび》えていた癖《くせ》に、忘れていた。

明るい光の中、鏡に映った自分の濡れた下半身が目に入って、恥ずかしくて死にたくなった。


手の中の進路調査票をくしゃりと音を立てて丸め、立ち入り禁止の準備室の隅《すみ》にあるゴミ箱に向かって投げる。紙くずは外れることなくゴミ箱に吸い込まれた。

傍《かたわ》らで女に電話していたはずの速水が、それを見て笑うのが聞こえた。

必修の授業が始まる直前に、大学の事務員から配られた三年生向けの進路調査票は、第五希望まで職種や業種、会社名を書く欄《らん》があったが、結局一つも埋《う》められなかった。

「そう言えば、昨日の停電大丈夫《だいじょうぶ》だったのか？」

俺と同じように端《はし》が擦《す》り切れたソファに体を預け、電話を片耳に当てたまま速水にそう訊《き》かれる。

「ここら辺一帯全部停電しただろ？　お前……平気だったわけ？」

速水は俺のトラウマを知っている。高校一年の時に視聴覚室《しちょうかく》に間違《まちが》って閉じ込められたとき、一緒《いっしょ》にいたせいでばれてしまった。過呼吸を起こした俺を見て、普段《ふだん》は動じない速水が慌《あわ》てまくっていたのを未《いま》だに覚えている。

同時にそのトラウマの原因についても、自分から話した。

最初は犬猿《けんえん》の仲だったが、その一件から徐々《じょじょ》に話をするようになって、今ではこうして連《つる》んでいる。速水と俺は考え方が似ているから、一緒にいても楽に振る舞《ま》える。

「何かあったのか？」

昨日のことを思い出して赤くなった俺の顔を速水が覗《のぞ》き込んできた。

折角人が忘れようと努力していることを思い出させるな。

「なんでもねぇ、顔近《ち》けぇよ」

速水の顔を押しやってから、俯《うつむ》く。

結局あの後、俺は逆上《のぼ》せるほど風呂に入った。どんな顔をして隆一を見ればいいのかと思ったが、風呂を出ると隆一はバルコニーでタバコを吸っていた。

その背中が振り返らないうちに、逃《に》げるように寝室《しんしつ》に入り、煌々《こうこう》と電気を点けたまま布団《ふとん》を被《かぶ》った。

「はぁ」

思わずため息をついて、傷《いた》んでところどころ色が変わっているぱさついた髪《かみ》を掻き上げる。

速水は再び女と話し始めて、しばらくしてから電話を切った。

「また敵情視察かよ。よく飽《あ》きないな」

短い会話で女とエロホテルに行く約束を取り付けた速水を、ある意味尊敬を込めて見つめる。日替《ひが》わりで女と約束を取り付けて出掛《でか》けるなんて、俺には面倒臭《めんどうくさ》くてとてもできない。

「セックスに飽きたら終わりだろ」

速水は笑いながらそう言って、自分の分の進路調査票を取り出す。

社名を書く欄の一番上に、速水は自分の父親の会社名を書いた。

「マジ？」

「マジ」

「嫌《いや》がってたんじゃねぇの？」

「よくよく考えるとこれがベストな気がするんだよ。だって就活しなくていいし、それに色んなホテルの色んな部屋見て回るのとか楽しいし」

「あっさり決めんなよ」

「まぁ、神山は嫌なら他《ほか》のところに就職すればいいじゃん」

素っ気ない速水の言葉を聞きながら、項垂《うなだ》れる。仲間に裏切られた気分だ。父親の仕事を継《つ》ぐのは速水だって嫌がっていたはずなのに。

「どっちにしても、さっさとその辺り解決して、部下の人を解放してやれよ」

「だから隆一はそういう気弱なタイプじゃねぇよ」

「気弱じゃないならお前のことを家に置いておく理由ってなんだよ」

「それは……」

俺の親父《おやじ》を尊敬しているからだ。隆一のその気持ちを逆手に取って、無理《むり》やり家に居座っていたことは認める。一週間以内に話をつけろと言われながら、何にもそのために動いていないことに罪悪感すら覚えていなかった。

けれど、何もあんなことまでする必要ないじゃないか。

「はぁ」

再び漏《も》れたため息に、速水が「珍《めずら》しく悩《なや》んでるわけ？」と茶化《ちゃか》す。

「珍しくってなんだよ」

「神山は比較《ひかく》的、いつも何にも考えてないから」

「それはお前もだろ」

刹那《せつな》的な生き方をしてきたのは俺も速水も一緒だ。楽しければいいとあまり結果を考えずに行動してきた。それでも親が金持ちなら、それなりの大学には入れるし、それなりの生活はできる。

「失礼なこと言うなよ。俺はいろいろ考えてるって」

「今夜の体位とか、そういうエロ関係だろ」

「そうそう、って違う！」

下手な乗りツッコミに余計に気分が白ける。

「相談に乗ってやるから言ってみろって」

速水の申し出に少し躊躇《ちゅうちょ》する。それでも、速水以外に相談できそうな人間はいなかった。俺も速水も、常に周囲には誰《だれ》かしら人がいる。けれど深い人間関係は築いていない。いや、ある意味体まで繋《つな》げちゃってる速水の人間関係は深いと言えなくもないけど。

少なくとも、俺には真剣《しんけん》に悩みを相談できる相手は二人しかいない。隆一と速水だ。今回は隆一のことで悩んでいるのだから、もとより隆一に相談できるわけもない。

「あのさ……お前、男も抱《だ》けたよな」

速水の携帯《けいたい》が鳴り出す。速水はそれを無視するようにサイレントに切り替《か》えた。

「お前こそ、エロ関係じゃん」

速水の呆《あき》れたような視線を受け流しながら「男が、男に手を出すってどういう意味があんの?」と尋《たず》ねた。

「は?」

意味が分からない、という顔で速水が俺を見る。

「だから、男が……」

「手、出されたわけ?」

「な、なんで俺が出されんだよ。知り合いの話かもしれないだろ!」

「いや、かもしれないって言ってる時点でお前決定だろ」

速水の言葉に顔に血が上る。自分の失言を悔《く》いて俯くと「どこまでされたわけ？」と訊かれた。

「や、別に」

「ケツに入れられた？」

「ばっ、なわけねぇだろ！」

直接的な言葉にますます顔が赤くなる。

「なんか、からかわれたっていうか、適当に擦《こす》られた」

そう口にすると「隆一って人？」と尋ねられる。何で分かったのかと顔を上げれば、速水は分かり切っている、というように肩《かた》を竦《すく》めた。

「お前にそんな顔させる奴《やつ》なんてそいつぐらいしか思いつかない」

「……」

「男によく好かれるよな。そういえば駅で痴漢《ちかん》してきたやつ、ぶん殴《なぐ》って線路に突《つ》き落としたんだっけ？」

「……うるせぇよ」

正確には俺がぶん殴ったわけでもないし、突き落としたわけでもない。中学三年の夏、まだ頻繁《ひんぱん》に女と間違えられていた頃《ころ》、隆一と電車に乗ったときに痴漢に遭《あ》った。サッカーの国際試合をスタジアムに観に行った帰りだった。酔《よ》っ払《ぱら》った大学生ぐらいの男が、何を勘違《かんちが》いしたのか、俺の体をべたべた触《さわ》ってきた。あろうことか尻《しり》まで揉《も》まれて、気分は最悪だったが男が男に痴漢されているなんて周囲に知られたくなかったのと、電車の中はやたら混雑して身を捩《よじ》るぐらいしか抵抗《ていこう》ができなかった。

隆一は混雑のせいで少し離《はな》れた場所にいたから、助けを求めることもできなかった。けれど、たとえ近くにいたとしても、隆一には頼《たよ》れなかっただろう。そこまで格好悪いところは見せたくない。

だから次の駅でドアが開いたとき、男を連れてホームに降りて、そこで一発ぶん殴ってやろうと思った。

けれど男を連れて降りたのは俺ではなくて隆一だった。

小さな駅ではあまり人は降りなかった。俺は慌《あわ》てて二人を追いかけるようにホームに降りた。その瞬間《しゅんかん》、隆一が男を思い切り殴り付けた。

『きゃっ』

周囲にいた見知らぬ女性が小さな声を上げて、逃げるように駅の階段を上って行った。

隆一は容赦《ようしゃ》がなかった。普段《ふだん》はそれほど好戦的な性格はしていない。沸点《ふってん》は割と高いほうらしく、俺は隆一がそれまで誰かに対して怒《おこ》ってるところを見たことがなかった。

俺が授業中にふざけていれば軽く怒ったりはするが、それでも暴力を振《ふ》るうことはない。

ペンの先で軽く叩《たた》かれるぐらいだ。

後にも先にもあそこまで隆一が怒っているのを見たのは、あの一度きりだ。

『あ、謝るよ。だから、や、やめてくれよ……っ』

男は隆一と俺を見比べて、俺たちが知り合いだと気づいたようだ。もしかしたら男は俺達が恋人《こいびと》同士だと勘違いしたのかもしれない。

隆一は男の哀願《あいがん》に対して何も言わなかった。何度か殴りつけた男が逃げようとすると、それを追いかけた。男は焦《あせ》るあまりにホームから線路の上に落ちた。

その頃には駅員が駆《か》け付けてきたが、男はそれを見ると慌てたように線路の上を走って逃げて行った。

隆一は駆け付けた駅員に何かそつのない言い訳をして、結局俺たちは何ごともなかったように次に来た電車に乗って家に帰った。そのときのことが脚色《きやくしよく》されて噂《うわさ》になり、いつの間にか俺があの男をぶん殴った挙げ句に線路に突き落としたことになっている。

けれどその噂を否定するつもりはなかった。痴漢された上に近くにいた男に守ってもらったなんて、そんな真実を口にするのは情けなさ過ぎる。

「つーか、俺……もう女みたいな顔してないよな」

高校に上がってから背はぐんと伸《の》びた。さすがに隆一や速水ほどの長身じゃないが、平均は上回っている。高校三年のときは身長順で並べば後ろの方だった。

「女には見えない。お前みたいな女がいたら怖《こわ》い」

あっさりと速水はそう言った。だけどその言葉にほっとしたのは束《つか》の間だった。

「でも、男同士でやるならお前がやられるほうだ」

「はぁ!? なんで俺がやられんの断定なんだよ！」

納得《なっとく》できずに声を荒《あら》らげる。

大きな声を出した後で、ここが学校なのを思い出したが、使用頻度《ひんど》の低い部屋に囲まれているせいで、この辺りは人通りが少ない。だからこそ俺たちがここを勝手に休憩《きゅうけい》室に利用していることを知られていないのだ。今の声を誰かに聞かれる心配はない。

「はぁ？ 誰がどう見てもそうだろ。元美少年の名残《なごり》がちゃんとある」

「女男とか、美少年とか、お前のボキャブラリーってなんかキモい」

そう言うと速水は「ワガママ」とからかうように言った。

「うるせぇよ、ゼツリン」

「男が男に手を出す理由なんて、お前のことが好きか溜《た》まってたかのどっちかだろ？」

速水はあっさりそう言うと、欠伸《あくび》をした。今日も寝不足《ねぶそく》らしい。その原因は言わずもがなだ。

こいつはきっといつかやりすぎで死ぬ。

「隆一はゲイでもねぇし、お前みたいにバイでもねぇよ」

「じゃあ、お前に早く出て行って欲しかったから嫌《いや》がらせしたんじゃない？」

何気なく速水が口にしたその言葉に、思わず息を吸い込んだ。

「隆一は……」

そういう奴じゃない、と言いかけたが続きが出てこない。

確かにそれが一番可能性が高い。

俺がいるから女を連れ込めなくて、溜まっていたのも事実だろうし、親と仲直りをする気配のない俺に焦《じ》れていたのかもしれない。だからあんな風に、無理やり体に触れたのだろうか。

確かにそれならゲイじゃない隆一が俺に手を出した辻褄《つじつま》が合う。

「そういうことかよ」

小さく呟《つぶや》いた俺の言葉に、速水が「俺の家来る？」と申し出た。

「遠慮《えんりょ》する。なんかそれ、隆一の作戦通りみたいでむかつくから」

こうなったら昨日のことなんてなんでもなかった振りをして、居座ってやると思いながらそう口にすると、速水は「面白《おもしろ》そうだから後で経過報告してね」と笑った。


ヘッドホンから流れてくる音楽を聴《き》きながら、壁《かべ》の時計に視線を向ける。

店は閉店が近付いているが、俺のほかにも何人か客がいた。ずらりと並んだＣＤの洋楽のコーナーで既《すで》に一時間以上適当に試聴《しちょう》を繰《く》り返している。

味のしなくなったガムと、ループしてる音楽、少し重いヘッドホン。ため息を吐《つ》いてからヘッドホンを外して近くにあったCDを手に取る。大して良い曲だとは思えなかったし、聴くかどうかも分からなかったけど、いつも買ってるアーティストのものだから買うことにした。

レジに持っていくと札束を整理していた店員が会員カードの有無《うむ》を訊《き》いてきた。

無言のまま首を振る。ポイントカードも会員カードも面倒《めんどう》だから持たない。財布《さいふ》が膨《ふく》れるのが嫌《きら》いだから、小銭《こぜに》も好きじゃない。

だから会計で貰《もら》った釣銭《つりせん》の硬貨《こうか》を全部募金《ぼきん》箱に入れる。

〝あなたのお金は飢餓《きが》に苦しむ子供たちを救います〟

そんなキャッチコピーを見ながら、商品を受け取ろうと手を伸ばすと「いつも募金ありがとうございます」と店員に言われる。

比較的《ひかくてき》良く利用している店だから、顔を覚えられているのかもしれない。

なんて返して良いのか分からずに軽く会釈《えしゃく》した。

「うち、若い子が多いから募金って結構少ないんですよ。だから、余計にお客さんの顔覚えちゃって。いつもありがとうございます」

その言葉と共に商品を渡《わた》される。

店を出た後はなんだか複雑な気分だった。小銭が溜まるのが嫌だから募金箱に入れていただけだ。あの募金箱の中の金が何に使われるのかも、今日初めて知った。

それなのに善人のように扱《あつか》われて、居心地《いごこち》が悪い。

買ったばかりのCDをバッグに入れてから、腕《うで》時計を覗《のぞ》き込む。

夕食は適当に学校の近くのラーメン屋で食べて、本屋に寄ってCD店にも寄った。できる限り時間を潰《つぶ》したが、まだ日付は変わっていない。

隆一が寝静《ねしず》まった頃を見計らって帰りたかったが、これ以上外でうろうろするのも限界だ。

「顔、合わせたくねぇ」

考えただけで顔が火照《ほて》る。

速水にはああ言ったが、隆一と顔を合わせると考えると足が重くなる。

なんでもない振りなんて、自分ができるとは思えない。

「あー……」

家には帰りたくないが、今日帰らなかったら隆一に負けたみたいで悔《くや》しい。

マンションまで歩いて、結局エレベーターに乗ってからもずっと葛藤《かっとう》していた。

ドアが開いても、部屋の前でしばらく合《あ》い鍵《かぎ》を見つめて突《つ》っ立っていた。

部屋の中からは物音が聞こえない。隆一がいるのかいないのか、寝《ね》ているのか起きているのかすらわからなかった。

逡巡《しゆんじゆん》していると、突然《とつぜん》ガチャリとドアが開く。

出て来たのは、見知らぬ髪《かみ》の長い女だった。目が大きくて、露出度《ろしゆつど》の高い服を着ている。

「隆一さん、お客さんみたい」

女は俺を見ると、背後に向かってそう言った。

隆一はシャツにジーンズというラフな格好をしていた。俺を見ると、濡《ぬ》れた髪を拭《ふ》きながら
「なんだ、帰ってきたのか」と何の感慨《かんがい》もなく口にする。

その言葉に速水の言った通りだと、腹が立つ。俺を追い出して、女を連れ込むためにあんなことをしたのだ。

思わず睨《にら》み付けるが、隆一は特に気にした様子もない。

「彼女を送ってくるから、お前、先に寝てろよ」

近づいてきた隆一が俺の頭にぽんと手を置く。

それを思い切り弾《はじ》くと、隆一は「戸締《とじ》まりはしておけよ」と言って、見知らぬ女の腰《こし》に腕を回して部屋を出て行った。

そんな隆一の態度に腹が立ち、思わず閉められたドアを蹴《け》りつける。

「信じられねぇっ、女連れ込みたいから俺のこと追い出すとか、追い出すためにあんなことするとか、マジであいつ最低だろ！」

誰《だれ》もいない部屋で、苛立《いらだ》ち紛《まぎ》れに近くにあった雑誌を玄関《げんかん》のドアに向かって投げつける。

寝室《しんしつ》のドアに手を掛けると、寝乱《ねみだ》れたベッドがそこにあった。

そこで二人が何をしていたのか考えると、自分でも驚《おどろ》くほど感情が高ぶって、腹の底から嫌なものが這《は》い上がってくる。

「クソッ」

二人がした部屋なんて入る気にならず、リビングのソファに乱暴に座った。

革張《かわば》りで大人一人が横になっても充分《じゅうぶん》な大きさのソファは、少し固めだが横幅《よこはば》があって寝心地はそう悪くない。

「今日は絶対にこっちで寝てやる」

他人がセックスしたばかりのベッドでは絶対に寝たくない。

バッグを足下《あしもと》に放《ほう》り投げると、買ったばかりのCDがガシャンと音を立てる。

壁際《かべぎわ》にあるオーディオにそれを入れた。再生すると、問題なく曲が流れ始める。

途中《とちゅう》で音量を上げた。近所から苦情が来て隆一が困ればいいと、子供っぽいことを考える。

電気を煌々《こうこう》と点けたまま窓を開け、ソファに横になって少し速めの音楽を聴《き》く。

目を瞑《つぶ》ると、先ほどの女の顔が浮《う》かぶ。

隆一の横にいる女はいつだって美人ばかりだ。

「むかつく」

隆一も。女も。昨日のことも。二人がいたベッドも。俺にいつもどおりに接してきたことも。

出て行こうかと逡巡したが、結局できずに再びソファに座る。

スピーカーからは嗄《しわが》れた男の声が聞こえる。それに耳を傾《かたむ》けるうちにいつの間にか眠《ねむ》っていた。

誰かに頰《ほお》を触《ふ》れられる感覚で目が覚める。目を開くと、その手は離《はな》れていく。

「こんなところで寝ると風邪《かぜ》を引くぞ」

呆《あき》れたような隆一の声がする。隆一はオーディオを停《と》めると、開けっ放しの窓を閉めた。

その後ろ姿を見ながら「他人がやった直後のベッドでなんか寝れるかよ」と返す。

隆一は「お前は帰って来ないと思ってた」と言って、出したCDをケースに収める。

その視線がアーティスト名に這う。俺が隆一の影響《えいきょう》で好きになったアーティストだ。当時はマイナーだったが、数年前に映画のテーマ曲になってから売れ始めて、今では日本でもメジャーなバンドになった。

隆一は昔から、そういうものを発掘《はっくつ》するのが得意だった。バンドもデザイナーもブランドも店も、隆一が気に入ったものは大抵《たいてい》その後に売れ始める。数年後か、数ヵ月後かは分からないけれど。見る目がある奴《やつ》っていうのは、隆一みたいな奴を言うんだろうと思い、俺もそうなりたいと思った。

だけど所詮《しょせん》、今だって隆一の猿真似《さるまね》止まりだ。

「さっきの女、つき合ってんの？」

そんなわけが無いと思いながら尋《たず》ねる。昔から隆一は女を切らさないが、特定の相手がいたことはない。

「そういう関係じゃない」

隆一はこともなげに言った。そういう関係じゃないなら、どういう関係だと続く質問を呑《の》み込む。その質問の答えも分かってる。

セックスする友達。大人のつき合い。物分かりのいい知り合い。

そんな返答は既に、隆一が大学生のときに聞いている。

「俺に、なんであんなことしたんだよ。女連れ込むためかよ」

そう口にしたとたんに顔が赤くなる。

言った後で訊き方を間違《まちが》ったと気づく。これでは俺が昨日のことを気にしていると、隆一にばれてしまう。

他《ほか》の訊《き》き方をすれば良かったと思いながら、赤くなり始めた頬だけは隠《かく》そうと近くにあったクッションに顔を埋《うず》める。

「お前のせいで女と遊べなくて溜《た》まってた。悪かったな、忘れろ」

そんな最低な謝罪に、思わずクッションを掴《つか》む手に力が入る。

「なんだよ、それ」

顔をクッションに押し付けているせいで、くぐもった声になる。

「それより、お前も溜まってたのか？」

「は？」

「ずいぶん早かったよな」

「っ」

思わず顔を上げて睨み付ける。からかうように隆一は口の端《はし》に笑《え》みを浮かべた。腹立たしいその顔に、手に持っていたクッションを思い切り投げつけたが、難なく弾かれる。

「ベッド、整えたから向こうで寝ろよ」

「嫌《いや》だ」

「おい」

「……絶対に嫌だ」

隆一はため息をついて部屋を出て行く。

しばらくして帰って来た隆一は、薄手《うすで》の掛《か》け布団《ぶとん》を俺にばさりと投げつける。

「俺の家でお前が風邪でも引いたら、神山社長に申し訳ない」

その言葉にむっとして掛け布団を投げ返そうとすると、不意に隆一が俺の買ってきたＣＤに視線を向ける。

「まだ聴《き》いてたんだな」

「……」

「お前、ロシア語の歌詞を適当に歌ってたよな」

小さく隆一が笑う。久しぶりに見た隆一の笑顔に、それまでの気分が少しましになる。

「俺の真似ばっかりしてたよな」

「……兄貴みたいだと思ってたから」

今まで隆一に言ったことはなかったけど、俺は本当にずっとそう思っていた。

兄弟がいる連中が羨《うらや》ましかった。家で一人きりの夜は特にそうだった。俺に兄貴がいればこんな感じだろうか、と隆一に構って欲しくて仕方がなかった。冗談《じょうだん》めかして、だけど緊張《きんちょう》気味に「お兄ちゃん」と何度か呼んだことがある。

「俺も弟みたいに思ってたよ。お前が中学の頃《ころ》はな」

そう言って部屋を出て寝室に入って行く。

隆一に投げつけたクッションを拾って、それを枕《まくら》代わりにして目を瞑る。相変わらず蛍光灯《けいこうとう》は点けたままだったから、薄《うす》い瞼《まぶた》を透《す》かして光が届く。

「今は違うってことかよ」

隆一の言葉がぐるぐる回る。

「最低」

いつもは安心できるはずの光が目に痛くて、思わず掌《てのひら》で瞼を覆《おお》った。

まだ昼休みまで時間がある食堂に学生はあまりいなかった。

「お前の言ってた通りだった」

食堂で向かい合った速水にそう言うと、速水は傍《かたわ》らの可愛《かわい》い女の太ももを手で触《さわ》りながら
「裕ちゃん弄《もてあそ》ばれちゃったの？」とおどけた口調で言った。

その態度に腹が立って睨《にら》み付けると、傍らの女が「振られちゃったの？　裕希くん可哀想《かわいそう》。慰《なぐさ》めてあげようか？」と上目遣《うわめづか》いで俺を見る。

「速水、この馴《な》れ馴れしい女誰？」

苛立《いらだ》っているので見知らぬ女の図々《ずうずう》しい言葉にそう返すと、女は口元を引きつらせた。

速水は俺の質問に少し考えるように首を傾《かし》げてから、悪びれもせずに女に尋ねる。

「セックスが上手かったことしか覚えてない。ごめん、なんて名前だっけ？」

女は驚《おどろ》いた顔をみるみる強張《こわば》らせると、パシンと速水の頬を叩《たた》いて席を立った。忘れずに俺のことも睨み付けた後で、ヒールの音を響《ひび》かせながら出て行く。

「俺の名前知ってたってことは同じ学年か同じ学科か？」

「どうだろ。俺たち目立ってるから学科と学年が違っても名前知られてるかも」

「目立ってるか？」

「こんな格好良い男が二人並んでたら目立つだろ」

当然とばかりに速水が言う。相変わらず自信に満ち溢《あふ》れた男だ。

けれど確かに、速水はナルシストになっても仕方ないくらいに整った顔と体をしてる。

「お前だけだろ、目立ってるのは」

「謙遜《けんそん》するなよ、元美少年」

「だからその呼び方やめろ」

「どっちかっていうと、昔は姫《ひめ》だったけどな。カルシウム摂《と》りすぎたんじゃない？　こんなに大きくならなくても良かったのに。昔はマジで好みだったのに、残念」

「……うるせぇよ」

「あれ、なに……今の傷ついた？　ごめんね、今の裕希でも充分《じゅうぶん》好みだから」

「違《ちげ》ぇよ。死ね」

別に速水にはどう思われてもいい。けれど、もしかしたら隆一にもそう思われているのかもしれない。

中学の頃はそれほど背が伸《の》びなくて、顔も女っぽかった。

高校に入って背が伸び始めた。声も変わった。

だから、隆一の中の「弟」というポジションから弾《はじ》かれてしまったのかもしれない。

どうせ持つなら、可愛い弟のほうが良《い》いに決まってる。

「あー…もう授業受ける気起きねぇ、今日は帰る」

そう言って席を立とうとすると「先輩《せんぱい》」と後輩《こうはい》に呼び止められる。

振《ふ》り返ると二年の須藤《すどう》が近付いてきた。去年同じ授業でグループワークをこなしたのをきっかけにやたらと懐《なつ》かれている。

小柄《こがら》でがりがりに痩《や》せているが、それを補うように派手な格好をしている男だ。尖《とが》った太いピアスが痩せた体に痛々しく見える。食べていないいんじゃなくて、食っても太らない体質なのだと前に聞いたが、未《いま》だに見るたびに飯を奢《おご》りたくなる。

「あの、先輩に相談があるんですけど」

「何？」

「あ、あの」

言いにくいことなのか、後輩はちらちらと速水を見た。

俺は仕方なく席を立って、後輩を促《うなが》して食堂を出て、喫煙所《きつえんじょ》の近くにあるベンチに腰掛《こしか》ける。

「で、何？」

「その、先輩って借金とか詳《くわ》しいんですよね？」

思わず視線が鋭《するど》くなる。

須藤は「す、すみません」と謝った。

明らかに俺に怯《おび》えてる顔を見て、大人《おとな》気ない自分に呆《あき》れる。隆一のことで不機嫌《ふきげん》になっているのを、須藤に八つ当たりしてどうするとため息をついて「寝不足《ねぶそく》で苛々《いらいら》してるんだ。悪い」と謝る。

「い、いえ、別に」

須藤はおどおどと視線をさまよわせる。

「その、お、俺実は借金しちゃって。なんかやばいところで借りたみたいで、すげぇ額の請求《せいきゅう》が来てるんですよ。それでどうしたらいいのか分からなくて、先輩に相談しようと思って」

「すげぇ額って、いくらを何ヵ月借りたんだよ」

「えっと、その二十万を二ヵ月前に」

借金と言うからどんな額かと思ったら、たった二十万と聞いて拍子抜《ひょうしぬ》けする。

「それで？　いくらになってるんだ？」

「今五十万で、毎日一万ずつ増えてて、返しても返しても増えるんです」

その言葉にシリアスな場面なのに吹《ふ》き出しそうになる。借金に詳しい奴《やつ》じゃなくても暴利だとすぐに分かる。

「……どれぐらい返した？」

笑いを嚙《か》み殺してそう訊《き》いた。計算するまでもなく違法《いほう》な金利だ。

「わ、わかんないですけど、もう二十万以上は返してます」

「じゃあもう返すな。法定金利を明らかに超《こ》えてるんだから、返す必要はねぇよ」

「で、でもやばい人たちがバイト先とか家の前とかで出待ちしてて」

須藤の言葉に「なんでそんなところで借りるんだよ」と言うと、「だって、借りるときは普《ふ》通《つう》のところでしたよ」と半泣きになる。

「真面目《まじめ》な感じの女の人が窓口にいて、それで〝大変ですね、できる限りの額は貸し出せるように上と交渉《こうしょう》しますね〟って言ってくれて、でも返済額が凄《すご》いことになったときに電話したら、なんかめちゃくちゃ怖《こわ》い感じの人が出て、払《はら》わないって言ったらバイト先にまで来て」

よほど怖かったのか、須藤は顔を青くしながらそう言った。

「い、今も実は大学の外にいて」

「はぁ？」

「せ、先輩一緒《いっしょ》に来てくださいよ。それで、俺の代わりに法定金利がどうとかって、言ってください、頼《たの》みます！」

手を合わせてお願いされる。

縋《すが》るように服の裾《すそ》を引かれて、思わずため息が漏《も》れた。

「なんで借金なんかしたんだよ」

「だ、だって彼女の誕生日にプレゼント買わなきゃならなくて」

「……生活費なら同情するけど、誕生日プレゼントかよ。やる気出ねぇ」

「お、お願いします！　俺一人じゃ怖くて無理です」

お願い、お願いと泣きつかれて、仕方なく頷《うなず》く。

須藤はそれだけで顔を輝《かがや》かせた。

気乗りはしなかったが、一緒に校門を出てしばらく歩くと、安っぽいスーツを着た二人の男が近付いて来る。

「今月の返済まだなんだけど、大学なんか来ててバイトしなくていいの？」

いきなり声をかけてきたのは、太った眼鏡《めがね》の男だった。

一見そういう商売をしているようには見えないが、底意地の悪そうな目と悪趣味《あくしゅみ》な時計が男がまともな仕事をしている人間ではないと教えてくれる。

「友達？　金無いなら、こいつに貸してもらえば？」

そう言ってもう一人の男が俺を見て笑う。神経質そうな顔立ちには、太った男と同じ底意地の悪い笑《え》みが張り付いている。

スーツの上からでも分かる筋肉質の筋張った体は、俺よりも機敏《きびん》に動きそうだ。

「いい時計してるな。友達のために、数万ぐらい出せるよな？　ここで見捨てたら、君最低だよ？」

おかしな理屈《りくつ》で俺を丸め込もうとする太った男を見返す。

「あんたらどこの誰《だれ》？」

そう訊くと、男たちは顔を見合わせてにやりと笑った。

『生意気にいきがってる』

そんなニュアンスの笑みだった。

「申し遅れました、アクスリー金融《きんゆう》から回収代行を任されております乃木《のぎ》と申します」

眼鏡の男はそう言って、にやりと笑った。

「お友達が借りたお金を返してくれないので、わざわざこんなところにまで来てお願いしてるんですよ」

困っている、というように眦《まなじり》を下げて男が言うと、須藤は怯えたように俺の後ろに隠《かく》れて、俺の背中をぐいぐい押した。

押されるのが嫌《いや》で、軽くその頭を叩《たた》くと「痛い」と緊張感《きんちょうかん》の無い台詞《せりふ》を口にする。

「借りたのは二十万で、返したのは二十三万。で、現在の請求額は五十万でしたっけ？」

二十万以上、としか聞いていなかったがここは具体的な数字を出したほうがいいと、適当に二十三と口にする。合ってるか合ってないかはどうでも良い。

「いえいえ、昨日までは五十万ですが、現在は五十一万です。なぁ？」

眼鏡が背後の筋肉質の男を振り返る。男は頷きながら「今日返せなかったら明日は五十二万五千円ですね」と口にする。

そのでたらめな計算に呆れながら、背後を振り返ると泣きそうな目で須藤が俺を見上げていた。そんな目をする前に、さっさとしかるべきところに行って借金を整理する必要があったんじゃないだろうか。

いや、もしかしてこいつにとってのしかるべきところって俺のところだったのか？

「そのアクスリーってところ、登録番号持ってんのかよ？　持ってないところには借金返す義務ないんだけど」

貸金業を行う場合、必ず財務局長か所在地の知事に申請《しんせい》しなければならない。受理されれば登録番号が交付される。登録番号を持たない消費者金融会社は貸金を行えない。

太った男の口元が上がる。

「もちろん持ってますよ」

その言葉に「じゃあ」と男の目をまっすぐ見ながら口にする。

「利息制限法の上限金利を上回る金額を不正に請求してるって知識もあるよな？」

太った男が一瞬《いっしゅん》怯《ひる》んだ。俺の口からそんな台詞が出るとは思わなかったんだろう。

「あんたの友達はうちの会社の金利で支払《しはら》うと同意書を書いてるんだ。今更《いまさら》ぐだぐだ言っても遅ぇんだよ」

筋肉質の男がそう言って威嚇《いかく》するように近付き、俺を睨《にら》み付ける。不穏《ふおん》な雰囲気《ふんいき》に、須藤は俺のシャツの裾を掴《つか》んで、子供みたいに体を寄せた。

太った男はもったいぶった様子でバッグの中から透明《とうめい》なファイルに入った薄《うす》っぺらい紙を俺に見せた。どうやらそれがみなし弁済の同意書らしい。

「あ」

須藤が泣きそうな顔で、それを見つめる。

利率に関して債務者《さいむしゃ》が同意した場合、その利率を有効と認めることができるのがこのみなし弁済という制度だ。けれど利息制限法を極端《きょくたん》に上回る今回のようなケースでは、同意書があってもその制度が適応されるとは思えない。

「グレーどころか完全なブラック金利にみなし弁済も何もねぇだろ。そもそもみなし弁済の制度自体廃止《はいし》がほぼ決まってるんだ。裁判に持ち込めばこっちが勝つ。あんた達だってそれが分かってるんだろ？」

「……」

二人の顔のにやにやが消える。

「これ以上こいつに付きまとうようなら、行政に指導を入れて貰《もら》う。営業停止も、登録取り消しもどっちも嫌だろ？」

そう口にすると、痩《や》せたほうの男の顔が見る見る怖い顔になった。

「てめぇ」

胸倉《むなぐら》に伸《の》ばされた手を弾《はじ》く。

中学のときは見知らぬ痴漢《ちかん》に抵抗《ていこう》すらできなかったが、今は違《ちが》う。

白昼堂々と道の上で手を出してくる男に対して、怯む必要はどこにもない。

「次は警察を呼ぶ。うぜぇ顔、俺の視界に二度と入れんな」

こういう連中がいるから、金貸し全員が悪く言われる。馬鹿《ばか》にされる。

さらに俺に手を伸ばそうとした痩せた男を、太った男が鋭《するど》い声で止《と》める。

納得《なっとく》できずに顔を怒《いか》りで赤らめた男に背を向けて、駅まで歩くと須藤が「すげぇ」と感嘆《かんたん》したように俺を見る。

目を輝かせながら俺を見てる須藤の頭を、再度軽く叩く。

「二度と人のことぐいぐい押すな」

「せ、先輩《せんぱい》格好良かったです。ちょっと言っただけであいつら、黙《だま》ってましたよ！」

「どこの業者だって営業停止も登録抹消《まっしょう》も嫌だからな。自分が回収担当の客が原因でそんなことになったら、あいつらだって責任を取らされる」

「さ、さすが～！　同業者は詳《くわ》しいっすね」

その無邪気《むじゃき》な言葉に、今度は強めに頭を叩く。

「い、痛いです」

「誰が同業者だ」

親が消費者金融をやっているからって、俺まで同じように言われるのは不愉快《ふゆかい》だ。

しかも先程《さきほど》のような、登録業者でもほとんど闇金《やみきん》と変わらないような連中と一緒にされるのは我慢《がまん》できない。

「で、でもあいつら、本当に大丈夫《だいじょうぶ》ですかね？　また来たりしませんよね？」

「さあな」

「さあなって」

途端《とたん》に不安になった顔でおどおどと須藤が周囲を見回す。

「毅然《きぜん》とした態度で払《はら》わないって言えば良《い》いんだ。不安なら専門家か弁護士に相談しろ。国や各自治体が無料で債務者向けに相談窓口を設けてるから、そこに行けばいい」

「え、無料で相談できるんですか？」

「らしいな」

「それって、携帯《けいたい》からでも調べられますか？」

「そこまで知るかよ。とにかく、後は自力でなんとかしろ」

そう言っていつもの路線のプラットホームに向かうと、後ろから小走りでついて来た須藤が「ありがとうございました」ときらきらした目で言った。

その目を見てると、なんだか居心地《いごこち》が悪い。大したことはしていないし、あれでさっきの連中を完全に追い払えたとも思っていない。

それなのに、そんな風に感謝されて思わず眉根《まゆね》が寄る。

「ああ、じゃあ気をつけろよ」

結局そんな風に素っ気無い言葉を返して、曇《くも》り空を憂鬱《ゆううつ》な気分で見上げて電車に乗り込んだ。

正午に家に帰ると、珍《めずら》しく隆一の靴《くつ》があった。

かすかにする人の気配と閉まっている寝室《しんしつ》のドアを見て、半信半疑でドアをノックした。返答はなかったが、ドアを開けると隆一がベッドに横になっているのが見える。

「隆一……」

声をかけても目を閉じたままだ。具合でも悪いのかと思って、額に手を当てる。

わずかに熱い体温に不安になるが、チェストには解熱剤《げねつざい》とミネラルウォーターのペットボトルが置いてある。

今朝は隆一と顔を合わせたくなくて早めに家を出た。だから今朝の様子は知らないが、昨日は不調には見えなかった。

「そういえば眠《ねむ》っている顔を見るの、初めてだな」

目を瞑《つぶ》っていると鋭い眼光が隠《かく》れて、ただ顔の良さだけが際立《きわだ》つ。

もう一度額に触《ふ》れようとして手を伸ばしたところで、チャイムが鳴った。

ドアをはさんで聞こえるかすかな音に、隆一が目を覚ましたんじゃないかと思ったが、瞼《まぶた》は閉じられたままだ。

そのことにほっとしながらできるだけ物音を立てずに、玄関《げんかん》に向かう。インターホンのモニターに映っているのは、エントランスのところでカメラを見上げる可愛《かわい》らしい女だ。

「はい」

マイクに向かって声を出すと、画面の中の女の表情が訝《いぶか》しげなものに変わる。

俺の声が隆一と違うことに気付いたらしい。

『あの、隆一さんいらっしゃいますか？』

「誰《だれ》？」

女は俺の質問に名乗った後で、今日約束をしていたものだと続けた。

『あ、いきなり来てごめんなさい。風邪《かぜ》だって言うから、デートの代わりにお見舞《みま》いに来たんですけど』

女はそう言うと、画面の中でにっこりと笑ってみせる。

「悪いけど、隆一寝《ね》てるから」

『でも……。看病する人間がいたほうが……』

「俺が居るから平気。迷惑《めいわく》だから今日は帰って」

そう言って通話を切る。

しばらく女はカメラの前で不満げな顔をしていたが、結局背を向けていなくなる。

その後ろ姿を見ながら、自分でも思った以上にきつい物言いをしてしまったと反省した。

そもそも俺に女を追い返す権利はない。

でも何故《なぜ》だか知らないが、この家に誰か入ってくるのは嫌《いや》だった。

「隆一が寝てるから、そのまま寝かせてやりたかったんだ」

自分を納得させる答えを見つけたので、確認《かくにん》するように呟《つぶや》く。

けれどどこかしっくり来なかった。

もう一度寝室を覗《のぞ》きに行くと、隆一は俺が最後に見た格好のままで深い眠りに落ちている。

看病するとは言ったものの、具体的に何をしたらいいのか分からない。

とりあえず子供の頃《ころ》を思い返してみたが、風邪を引いていたときはいつも一人で部屋のベッドで眠っていた記憶《きおく》しかない。

小学校に上がる前は比較的《ひかくてき》よく熱を出した。その頃はまだ実母と暮らしていたはずだが、彼女に看病された思い出はない。親父《おやじ》と離婚《りこん》してからも月に一度は会っていたが、会話が続かずにお互《たが》い会うのが億劫《おっくう》になり、高校に上がる頃にはほとんど会わなくなった。向こうが再婚《さいこん》してからは一度も会っていない。

風邪のときは家政婦の梶原《かじわら》さんが俺の面倒《めんどう》を見てくれていたが、構われた記憶はあまりない。

義理の母親は俺には無関心だったから、もとより看病なんて期待していなかった。

「そういえば、一度だけ隆一が見舞いに来てくれたことがあったな」

中学時代にウィルス性の風邪にかかって、一週間近く寝込んだときに隆一が家に来た。

『うつるよ』

『うつらねぇよ』

何の根拠《こんきょ》があったのか分からないがそう言って、隆一は俺が眠るまで傍《そば》に居てくれた。

「結局うつったんだよな」

お陰《かげ》で翌週も家庭教師は休みだった。本人は「友達と遊びに行くから休み」と言っていたが、親父からは俺の風邪がうつって熱を出していると聞いた。

それを聞いたときはくすぐったくて、照れくさい気持ちだった。本物の兄貴みたいだと思った。心細いときに傍に居てくれたのが嬉《うれ》しかった。同時に、俺のせいで引いた風邪を俺に隠そうとしてくれるところも、すごく嬉しかった。

「できればあの頃に戻《もど》りてぇな」

寝室に入ってから、フローリングの上に座る。

ベッドにもたれ掛かりながら、眠る隆一の横顔を見つめた。

熱がそれほど高くないせいか、苦しそうな顔をしていないことにほっとする。

「ずっとソファの上で寝てたもんな」

最近は寒い日が続いていたから、風邪を引いて当たり前かもしれない。

「ごめん」

甘えている自覚はある。昔から、隆一にはそれが許される気がして、ワガママに振《ふ》る舞《ま》ってしまう。甘やかされるのが嬉しい。隆一にとって、俺は特別なんだと思える。

だけど本当は俺が特別なわけじゃない。隆一にとって、俺の親父が特別なんだ。

だから俺も甘やかしてもらえる。

布団《ふとん》の中に手を入れて、隆一の手を握《にぎ》る。俺が昔してもらったように、ゆるく指を絡《から》めた。

「お兄ちゃん」

普段は冗談《じょうだん》めかしてしか言えない。こんな風に呼べるのは隆一が聞いていないと分かってるからだ。じゃなきゃ恥《は》ずかしくて、とても真顔では口にできない。

「傍に居てもいいって、言ってよ」

パニックでわけがわからなくなっていた俺に、あんなことをして追い出そうとする最低な奴《やつ》だ。でも、嫌《きら》いになれない。

頬《ほお》に触れるシーツの柔《やわ》らかな感触《かんしょく》と、繋《つな》いだ手のぬくもりが優《やさ》しくて、そのまま目を閉じると少しだけ幸せな気分になれた。


「裕希」

不意に名前を呼ばれて顔を上げると、隆一が俺の髪《かみ》をわざとぐしゃぐしゃと乱暴な仕草で撫《な》でた。

「う……？」

「寝るならベッドで寝ろ」

「熱は……？」

そう言って、隆一の額に手を載《の》せるが、よく分からない。もう熱くないような気もするが、まだ少しあるような気もする。

「お前、俺にされたこと忘れたのか？」

呆《あき》れたような隆一の口調に、バスルームでされたことを思い出す。

「別に、大したことはされてねぇだろ。あんなんで動じるかよ」

隆一に何か言われたら、そう言おうと決めていた。だから台詞《せりふ》だけはすらすら口から出てきたが、顔はおそらく赤くなっているだろう。

思い出すと居たたまれない気持ちが蘇《よみがえ》ってくる。同時に、その行為《こうい》が俺を追い出すためだと分かっているから、胸の奥が嫌な感じに冷える。

隆一から体を離《はな》そうとすると、途端《とたん》に腕《うで》を摑《つか》まれた。

「いつまでここに居るつもりだ？」

「っ」

「神山社長と仲直りもしてないんだろう？」

「親父親父って、うるせぇな。放せよっ」

摑まれた腕を引くと、隆一に強引《ごういん》にベッドに引きずり込まれた。

「うっ……わっ」

そのままベッドに背中から押し倒《たお》される。

下から見上げると、隆一が昔よりもずっと大きく見えた。身長差は縮まった筈《はず》なのに、あの頃と同じで敵《かな》わないと思ってしまう。

「親の仕事を継《つ》ぐのが嫌だとわめいたところで、結局就職活動もしてないんだろう？」

確信的にそう言われ、その通りだったが悔《くや》しくて「してる」と答えた。

この体勢で問い詰《つ》められるのは心理的に不利だと思いながらも、隆一を睨《にら》み上げる。

「どうせ親の仕事を継ぐなら、家出なんて面倒なことはするなよ」

「だから継がねぇって言ってるだろ」

「そろそろ本当に家に帰れ。神山社長が心配する」

また親父の名前だ。

隆一の口からは親父の名前ばかり出てくる。

心配なんかしていない、そう口を開きかけたときに、唇《くちびる》をざらりと隆一の指の腹でなぞられた。

官能を含《ふく》んだ指先に思わずびくりと体が固まる。

「それに、早く出て行かないとまた襲《おそ》われるかもしれないだろ？　俺に」

口元を歪《ゆが》めて笑う隆一がからかっているのか、本気なのか分からなかった。

「お、男相手にさかってんのかよ」

ベッドの上でのし掛かられて、相変わらず腕を摑《つか》まれたまますぐ近くには隆一の顔がある。

頰に吐息《といき》が触《ふ》れて、もう少し近付けば唇が触れる。

「たまってんだよ。お前が女帰したからな」

低く掠《かす》れた声に、ぞくりとした。体が勝手に、触れられたときのことを思い出す。

与《あた》えられた感覚は肌《はだ》が鮮明《せんめい》に覚えている。

「隆一」

隆一の指が再び唇をなぞる。神経に直接触れられてるみたいに、ぞわぞわする。

淫蕩《いんとう》な動きに流されたくなくて、顔を背《そむ》けると、露《あら》わになった首筋に隆一の唇が近づく。

「責任取って相手しろよ」

「っ」

覚悟《かくご》して目を瞑《つぶ》る。抵抗《ていこう》すべきだと分かっていたけれど、体は動かなかった。

瞼《まぶた》を閉じて体を硬《かた》くしていると、くすりと隆一が笑うのが聞こえた。

「冗談だ」

隆一はそう言うと、摑んでいた俺の手をあっさりと放した。

「え？」

顔を上げると「お前があまりにも無防備で我が儘《まま》だったから」と口にする。

一瞬《いっしゅん》言っている意味が理解できなかったが、すぐにからかわれていたのだと気づく。

「なんだ、してほしかったのか？」

怒《おこ》っている俺を見て隆一が笑う。その言葉にカッと頭に血が上る。

「し、信じられねぇっ」

本気で困っていた俺がバカみたいだ。

「お前が約束を破って神山社長と仲直りしないからだろ」

約束は確かに破るつもりだったけど、まだ一週間は経《た》っていない。

「に、二度とこういうことするな！」

ろくに抵抗もしなかった自分が恥ずかしくて、居たたまれなくて近くにあった枕《まくら》を思い切り投げつけた。しかし枕は昨日のクッションと同様に、弾《はじ》き返されてぽとりと床《ゆか》の上に落ちる。

「二度とされたくないなら、早く家に帰るんだな。次は冗談じゃないかもしれない」

不意に隆一が既《すで》に着替《きが》えていることに気づいた。

「どっか行くのかよ」

「ああ」

「風邪《かぜ》で休んでたんじゃないのか？」

「もともと今日は代休だったんだ」

その返答に、そう言えば先程《さきほど》来た女が「デートだった」と言っていたのを思い出す。

「少し良くなった途端に女かよ」

「……誰《だれ》かのせいで溜《た》まってるんだ」

隆一が苦笑《くしょう》する。少し疲《つか》れが残る目元に、本当に体調はもう良いのかと心配になる。

「お前、女にきついことを言うなよ」

隆一は携帯《けいたい》を手に取った。もしかしたら先程の女が、俺が寝《ね》ている間に隆一に電話で告げ口をしたのかもしれない。

ふて腐《くさ》れた気分で俯《うつむ》くと、隆一は「今日は遅《おそ》くなるから、先に寝ろ」と言って部屋を出て行った。

ドアの閉《し》まる音に、引き留めたいと思ってしまった自分がバカみたいで、虚《むな》しさを紛《まぎ》らわせるように手元にあった枕を殊更《ことさら》強く抱《だ》き締めた。


リクルートスーツに身を包んだ学生で混雑した会場の隅《すみ》、休憩《きゅうけい》スペースにあるプラスチック製の椅子《いす》に座りながら、足を組んで人混《ご》みを眺《なが》める。

合同企業《きぎょう》説明会が開場してから一時間も経っていない。この時点で休憩スペースにいるのは俺と速水だけだ。

速水は一目で仕立ての良いとわかるブラウンのジャケットとパンツに身を包み、トムソンガゼルの群れを眺める満腹のライオンのような凪《な》いだ目で、慣れないスーツを着た同年代の連中を眺めている。

「俺達浮《う》いてるよな」

入り口で渡《わた》されたブース案内図を見下ろしながらそう言うと、速水は「髪とスーツの色で浮きまくってる」と答えた。

確かにほとんどの学生が黒髪《くろかみ》に黒いスーツだ。俺みたいなライトグレーのスーツすら珍《めずら》しい。浮いている理由は恐《おそ》らくそれだけじゃないだろうが。

「あの黒髪、重そう」

速水が企業ブースの前に立って、熱心に説明を聞いている学生を見ながらそう言った。耳にはいくつかピアス痕《あと》がある。きっと就職活動のために黒く染め直したんだろう。不自然なまでの黒さに違和感《いわかん》がある。

「就活って髪を染めるところから始まるのか」

俺の言葉に速水が「なんでいきなり就職活動する気になったんだ？」と、相変わらず人間観察をしながら口にする。

「……なんとなく？」

「なんでもいいけど、詰まらないから帰っていいか？」

既に家業を継ぐことを決めた速水は、入り口でもブース案内図を断っていた。

「そもそも、これ来年来るもんじゃないの？」

「対象者のところに大学三年、四年って書いてあったぜ？」

案内図と一緒《いっしょ》に貰《もら》ったチラシの該当《がいとう》部分を見せる。

俺がブース案内図を眺めながら参加企業の名前をチェックしている間、速水は近くの企業ブースに立っていたコンパニオンに話し掛けに行った。

アミューズメント系の会社らしく、ブース自体もコンパニオンの衣装《いしょう》も派手だった。

しばらくして帰ってきた速水は、営業用とは思えないほど可愛《かわい》らしい名刺《めいし》を手にしていた。丸い手書きの文字で、携帯番号まで走り書きされている。

「おい、お前ここに何しに来てるんだよ」

これ以上女を侍《はべ》らせる気の速水に呆《あき》れる。

「無理《むり》強《じ》いされてお前の付き添《そ》い」

多少強引《ごういん》に連れて来たことを自覚している手前、言い返せない。

しかも参加企業のなかに具体的に話を聞きたいと思えるところはなかった。折角速水に付き合ってもらったのに、無駄足《むだあし》になりそうだ。

「俺達、学生だと思われてないみたいだよ」

「そうなのか？」

「どこの会社の方ですか、って訊《き》かれた」

「……」

他《ほか》の就職活動中の学生が緊張《きんちょう》した面《おも》もちで動き回っているのに対し、始まって早々休憩スペースでだらだらしている。確かにこれでは就活生には見えない。

「〝自社ブース設営の手伝いに駆《か》り出された非人事部の社員〟ってとこだろうな」

速水は周囲と見比べてそう言った。

緊張感《きんちょうかん》も真剣《しんけん》みもなく、他の就活生とは明らかに雰囲気《ふんいき》が違《ちが》う。

「折角来たんだから、一社ぐらい説明聞きに行くぞ」

ため息混じりに言いながら立ち上がって、会社説明を行っているブースを探す。

「俺等の場合、敵情視察だと思われるだろ」

面倒《めんどう》だと文句を言う速水を促《うなが》して、やたらと広い会場内をぐるりと回る。その中で一番人気の無いブースを見つけた。

「同業者か」

速水が俺の耳元で呟《つぶや》く。

消費者金融《しょうひしゃきんゆう》業界で最大手の会社のブースだ。呼び込みは加熱しているし、高価なものを配っているのかサンプリングには人が集中している。けれど、中のブースはがらがらだった。

「寂《さび》しいな」

　空きが目立つパイプ椅子を見て速水が言う。

「そりゃそうだろ。誰が好きこのんでやりたがるよ」

　そう言うと、近くにいた社員とおぼしき女が、睨《にら》み付けるように俺を振《ふ》り返った。

　きつい視線に思わずたじろいだが、その女はさっさと踵《きびす》を返して、偶然《ぐうぜん》足を止めた別の学生をブース内に誘《さそ》い込もうと話し掛け始める。

「睨まれちゃった」

　くすくす笑いながら速水が言う。

　睨まれるということは、彼女はそれなりにこの業種への愛着を持っているのだろう。

　足早にブースの前を通り過ぎて、結局速水が気になった大手化粧品《けしょうひん》メーカーと、高級寝具《しんぐ》メーカーの企業説明を受けた。

「なんでこの二社なんだ？」

　最後の最後まで興味が持てなかった会社説明が終わり、会場を出るために人の流れに逆流しながら尋《たず》ねる。

「うちのホテルと取り引きして欲しい会社だったんだよ」

「取り引きして欲しいって、お前のところエロホテルだろ？」

寝具メーカーは分かるが、何故《なぜ》化粧品メーカーなんだと考えて、ホテルに置いてあるアメニティ関連だと気づいた。男には分からない心理だが、アメニティ次第《しだい》でホテルを選ぶ女もいるらしい。ホテル代をケチれば本物が買えるにも拘《かか》わらず、わざわざ高いホテル代を払《はら》ってまで良いアメニティを手に入れたがる気持ちは理解できない。

「俺はエロホテルで終わらせる気ないからな。例えば女向けのビジネスホテルとか、女限定の簡易宿泊施設《しゅくはくしせつ》とか造りたいわけ」

速水はそう言うと先程貰った名刺をチェッカー柄《がら》のカードケースに仕舞《しま》う。

「考えてるんだな、意外に」

「お前よりはな」

これからが本番の会場を抜《ぬ》けて、外に出る。

会場内を歩いてる最中にコンパニオンから渡された会社説明のパンフレットやチラシを近場のゴミ箱に捨てた。寒がりな速水が海からの風に背中を丸める。

「飯食って帰るか。お前の奢《おご》りで」

「付き合って貰ったからな。好きなもの奢ってやるよ」

会場内には二時間もいなかったが、恐らく速水がいなかったらその半分の時間で会社説明を受けないまま、帰ってしまっていただろう。

とりあえず今回の合同企業説明会で分かったことは、就職活動をするなら黒髪黒スーツで出直して来る必要があるということだ。

「お前もさっさと折れて、親の仕事を継《つ》ぐ決心付ければ？」

他人事《ひとごと》のようにそう言った速水の言葉は、潮の匂《にお》いを含《ふく》んだ強い風に紛《まぎ》れて、聞こえないふりをした。

飯を食う前に買い物をして、それから速水の思い付きでビルの中にあるオープンしたばかりの水族館に行った。

「デートの下見」

速水はそう言って青白い光の中で笑って、俺の手を繋《つな》いだ。本当にデート気分らしく、半歩リードしながら歩く速水に、悪のりしながら付き合う。

男二人の気持ちが悪いデートの後は珍《めずら》しく和食屋に行った。隆一から『日付が変わる頃《ころ》に帰るから、夕食はいらない』とメールがあった。

そのことを速水に言うと「まだ料理作ってるのか？」と呆れたような、驚《おどろ》いたような顔で言われる。

「最近は少し上手くなったんだ」

そう言って料理と一緒に頼《たの》んだ日本酒に手を伸《の》ばす。発泡《はっぽう》している日本酒が珍しくて、好奇心《こうきしん》から注文したが、なかなか美味《うま》い。

「……俺、お前と隆一って人の関係誤解してたかも」

「どういう意味だよ」

速水は複雑そうな顔で自分の髪を掻《か》き上げた。

「お前が誰《だれ》かに尽《つ》くすなんて、初めてだよな。なんか……少し妬《や》けるな」

「気持ち悪いこと言うなよ」

いつもの速水の冗談《じょうだん》だ。笑い飛ばして杯《はい》を重ねて、タクシーに乗って帰る頃にはもう自力じゃ歩けない程《ほど》に酔《よ》っていた。

「だからさ、ありえねぇと思うだろ？」

速水に支えられながらエントランスを抜け、エレベーターに乗り込む。

「はいはい」

「冗談でそういうこと普《ふ》通《つう》するか？　しないよな？」

速水の肩《かた》にもたれ、その色の抜けた髪を掻き上げて耳元で口にする。

飲んでいる最中から話題は隆一のことばかりだった。ベッドで押し倒《たお》されたことを速水に打ち明けたのに、反応はやけに素っ気ない。

「はいはい」

「隆一は俺のこと本当は嫌《きら》いなんだよ。嫌ってるから、あんなことして追い出そうとするんだ」

うるさいとばかりに顔を押しやられる。乱暴な仕草にむっとして「聞いてんのかよ⁉」と怒《ど》鳴《な》った。

「聞いてるよ。それよりお前、鍵《かぎ》もってるのか？」

そう尋ねられてポケットを探《さぐ》る。隆一から貰《もら》った鍵を差し出すと、速水がそれを鍵穴に差し込んでドアを開けた。

「電気」

速水にもたれ掛《か》かりながらそう言うと、ふっと電気が点《つ》く。

玄関《げんかん》に隆一の靴《くつ》は無い。

最近は前にもまして帰って来る時間が遅《おそ》い。そのお陰《かげ》で料理は練習できるが、仮にうまくできたとしても食べてくれる人間がいないのでは、作る気力も段々と失《う》せてしまう。

飯ぐらいは炊《た》けるようになったし、味噌汁《みそしる》もそれほど失敗しなくなった。

けれど、隆一は俺の料理を食べていないから、そのことを未《いま》だに知らない。

こうやって料理を作るのは、もしかしたら隆一に家庭教師をして貰っていた頃のように「よくやった」と褒《ほ》めて欲しいからかも知れない。

「女に生まれればよかった」

「は？」

「そしたら……」

そしたら優《やさ》しくしてくれただろうか。

隆一のことだから、今以上に親父《おやじ》の子供に気を遣《つか》ったはずだ。もしも俺が女だったら、きっと隆一の周りにいるどの女よりも、隆一の事を分かってやれるような気がした。

それにもし俺が女だったら隆一の一番傍《そば》にいられる。

「お前は別に、今のままでいいだろ」

速水がそう言った。

その通りだ。俺は今のままで良《い》い。男の自分に不満なんか無い。だけど今のままじゃ駄目なんだ。

「今のままじゃ、傍に居られないんだ」

「……」

どさりとソファに下ろされる。直接目に蛍光灯《けいこうとう》の光が入って眩《まぶ》しい。

顔を顰めると、不意に視界が陰る。速水が俺の目の前に立っていた。

「そんなに好きか？」

速水がそう聞いてきたが、一瞬《いっしゅん》なんのことか分からなかった。

「好きなんだろう？　その隆一って人」

速水の言葉に驚く。そんなことは一言も言ってない。

「なんでそうなるんだよ、俺はただ……」

「なんでそうならないんだよ」

俺の言葉尻《ことばじり》を捉《とら》えて茶化《ちゃか》すように言った。

否定しようとした唇《くちびる》に、速水の唇が重なる。驚いて目を見開くと、琥珀色《こはくいろ》の瞳《ひとみ》がそこにあった。顔が近すぎてうまく焦点《しょうてん》を結べない。

「っ」

固まったまま現状を把握《はあく》できずにいると、速水の舌が入り込んで来る。

「おい！」

慌《あわ》ててその体を押しのける。速水は大人しく唇を離《はな》した。

俺は混乱したままで、シャツの袖《そで》で唇を乱暴に拭《ぬぐ》った。

「俺はゲイじゃないし、お前みたいにバイでもない」

だから二度とするな、と睨《にら》み付ける。しかし速水は悪びれた様子もなく、反対に呆《あき》れるようにため息をついた。

「試《ため》してみるか？　お前、男もいけると思うけどな」

そう言って、速水が唇を寄せてくる。

「やめろ」

思い切り突《つ》き飛ばした。ふらつく足で立ち上がって「何血迷ってんだよ」と吐き捨てると、腕《うで》を引かれて床《ゆか》の上に倒される。

「っ」

強く打ちつけた肘《ひじ》の痛みに、速水を睨む。

「血迷ってなんかない」

やけに冷静な声で速水が言う。

びっと音がして、速水が俺のシャツを引っ張る。ボタンがいくつか弾け飛んで、カツンと小さな音を立てて床の上を転がって行く。

驚いていると「前に言っただろ？」とジャケットを脱《ぬ》ぎ捨てながら速水が笑う。

「今でも充分《じゅうぶん》、美少年の名残《なごり》があるって」

足の上に跨《また》ぐように乗られて、身動きが取れない。

近付いてきた速水の唇を避《よ》けようとすると、腕を摑《つか》まれて押さえ込まれた。

「速水！　ふざけんな！」

「一回だけ。なぁ、そしたらお前の中の気持ちも、もっと具体的に分かるようになるだろ」

「何のことだよ！」

押しのけようとするが上手くいかない。

飲み過ぎたことを今更《いまさら》ながらに後悔《こうかい》する。だけどまさか、速水とこんな風になるとは想像もしていなかったんだから仕方ない。

「クソッ」

悪態を吐いたところで、シャツの中に速水の手が入ってくる。女の手でも隆一の手でもない。肌《はだ》の上を男の無骨な掌《てのひら》で撫《な》でられて、思わず鳥肌《とりはだ》が立つ。

いくら友人でも、これは許せない。

「気持ち悪《わり》ぃ」

「なら、それが答えだろ」

速水が少し傷ついた顔で言った。

「速水？」

名前を口にした途端《とたん》、ふっと体の上の重みが無くなる。

「何してるんだ？」

聞き慣れた声に顔を上げると、隆一が立っていた。

「ゲホッゲホッ」

咳《せ》き込みながら床に膝《ひざ》を突《つ》く速水が、腹を押さえているのを見て蹴《け》られたのだと気づく。

隆一は酷《ひど》く不機嫌《ふきげん》そうな顔で俺を見下ろしてから、速水の髪《かみ》を乱暴に摑む。

「ってぇ、な」

悪態を吐く速水を無理《むり》やり引きずって、玄関まで連れて行く。それからゴミでも放《ほう》り投げるように速水を家から追い出すと、乱暴にドアを閉めた。

俺はフローリングから天井《てんじょう》を見上げながら、額に手の甲《こう》を当てる。

速水の言葉を反芻《はんすう》しながら、ボタンのちぎれたシャツを見下ろす。まるで強姦《ごうかん》されたみたいだと思い、実際されかけたのだと思い直す。

「人の家によりにもよって男を連れ込むとはな」

部屋に戻《もど》ってきた隆一が、聞いたこともないような冷えた声でそう言った。

「悪い」

思わず謝ると「お前が誘《さそ》ったのか？」と訊《き》かれる。

隆一は俺の横に膝を突いて、指先でボタンが弾《はじ》けて露《あら》わになっている皮膚《ひふ》を辿《たど》った。

指はだんだんと下へ向かう。その指がまだ留まってるボタンのところで止まる。

「隆一？」

隆一は不意に俺のシャツを摑んだ。そのまま引き裂《さ》くように引っ張ったせいで、残っていたボタンも弾け飛んだ。

「俺が帰って来ないと思ったのか？」

薄《うす》ら笑いを浮《う》かべながら隆一が口にする。その目が突き刺《さ》すような色を帯びていたから、何も言えずにただ見返した。

「相手が女なら諦《あきら》めるが、他《ほか》の男に触《ふ》れさせるのは許さない」

俺が隆一の真意を理解できないうちに、唇が重なる。ぬるりと入ってきた舌が、やらしい動きで口の中を刺激《しげき》する。

「ふっ」

上顎《うわあご》をくすぐられ、逃《のが》れようとすると舌を吸われる。息を継《つ》ぐ暇《ひま》も与《あた》えられずに、唇を嚙《か》まれて、指先が痺《しび》れる。

「また、これも冗談《じょうだん》なんだろ？」

早くも息が上がり、上下する胸をできるだけ抑《おさ》えようと意識しながら尋《たず》ねた。

前回のように途中《とちゅう》で放り出されるのではないかと考えて訊けば、隆一が小さく笑った。

「冗談にしてやるのは、もう終わりだ」

耳に甘く噛み付かれた。それだけで体の芯《しん》から震《ふる》えが走る。

「さっさと逃《に》げなかったお前が悪い」

隆一の手がベルトにかかる。伸《の》ばした手は結局隆一の行動を止めることはできなかった。乱暴にパンツが脱がされ、下着の上から性器に触れられた。

キス一つで硬《かた》くなっている場所を隆一が掌で確かめる。その動きに頬《ほお》が熱くなる。

「隆一……っ」

反応しているその場所を掌で揉《も》まれながら、シャツから覗《のぞ》く胸を舐《な》められた。

「は…ぁっ」

女にするように、舌で形を確かめられて軽く歯を立てられる。

むず痒《がゆ》い快感がそこから広がって、吐息《といき》が震えた。嬲《なぶ》るように歯と舌でいじられると、そこが充血《じゅうけつ》して硬く尖《とが》っていく。そんな場所まで隆一に良《い》いようにされて、嫌《いや》なのに拒絶《きょぜつ》するための言葉を吐こうとすれば嬌声《きょうせい》が漏《も》れそうで、ただ強く奥歯を噛み締めて耐《た》える。

「んっ、ン」

柔《やわ》らかな布地の上から刺激され続けた場所は、もうすでに温かく湿《しめ》っていた。

「濡《ぬ》らしてるのか？」

揶揄《やゆ》するような口調に首を横に振《ふ》る。それでも下着の中がじっとりと濡れているのは分かっていた。下着の上から擦《こす》られるだけで、簡単に先走りが溢《あふ》れて下着を汚《よご》す。

「あ……ぁっ、う」

先の方をいやらしく撫でられて、腰《こし》が揺《ゆ》れる。気づけば自分から隆一の掌にそれを擦り付けるように動いていて、そのことに羞恥《しゅうち》を覚えるが止《や》められない。

「んっ、あっん」

下着がゆっくりと剝《は》ぎ取られると、先走りでべたべたになった場所が露わになる。

「やらしいな」

呆《あき》れたように指摘《してき》されて、死にたくなる。

下着と糸を引くそれを見て、恥《は》ずかしくて泣きそうになった。

「見るな、よ」

手で隠《かく》すと、その手ごと握《にぎ》り込まれて刺激される。

「あっ……ぅ、う、嫌だ、隆一」

ぬるぬると濡れているそれが、掌の中で音を立てた。隆一のペースで追い上げられて、戸惑《とまど》うちに限界まで張り詰める。

今度は下着の上からではなく直《じか》に隆一の手に触れられている。膨《ふく》らんだ欲望《よくぼう》を宥《なだ》めるように擦られると、恥ずかしいと思ったことも忘れて腰が揺れた。

「誰《だれ》でも良いのか？」

不意にそう訊かれて、隆一を見る。冷めた目で見返されて、すっと頭の中が冷える。

「お前がこんなに簡単に男に足を開くと思わなかった」

冷たい口調に胸が痛む。反論するために開いた唇《くちびる》をキスで塞《ふさ》がれる。

「ふっ」

舌を吸われながら、強く尻《しり》を掴まれる。それから何度も尻の間を指で辿られた。くにくにとその場所を押され、その度《たび》に疼《うず》くような緩《ゆる》い快感が広がり、腰に溜《た》まる。

「ん、っや」

これから自分がされる事に気づいて、慌《あわ》てて隆一を押しやるが指は内側に入ってきた。

「っ」

思わず息を呑《の》む。硬い入り口を解《ほぐ》すように浅い場所で指が前後に動かされる。

「汚《きたな》い、隆一、そんなところ」

それほど痛みは無い。けれど違和感《いわかん》と排泄感《はいせつかん》に首をうち振った。そんな場所を他人にいじられるのは初めてで、僅《わず》かに恐怖《きょうふ》を感じる。

「隆一、汚いって」

止めて欲しくて名前を呼んだ。

「ひっ、ぁ」

乾《かわ》いた唇を隆一の舌で舐められる。ぬるりと口内に入り込んできた隆一の舌が、宥めるように俺の舌を撫でた。

「きついな」

掠《かす》れた声で隆一が言う。指が入り込んだ場所が、反射的に異物を押し出そうと動く。それでも指は奥の方まで入ってきた。

腹の方をぐるりと撫でられて、四肢《しし》が引きつる。

「やめ、ろよ」

閉じていた足はそのまま摑《つか》まれて開かれた。自分の性器が余計に露わになって、居たたまれない。

膝《ひざ》の裏を持たれ、より大きく拡《ひろ》げられると恥ずかしい部分を全《すべ》て隆一の前に晒《さら》すことになった。ゆっくりと指で何度も内側を擦られる。リビングの床《ゆか》の上で、隆一にこんなことをされるなんて、少し前だったら想像もつかなかった。

「っん、ふぁっ」

弛《ゆる》んだ唇から、噛み殺せなかった声が漏れる。

一本だった指が二本に増え、浅かった挿入《そうにゅう》が深い挿入に変わる。

「ひっ」

奥まで指を突《つ》き入れられて、抉《えぐ》るように指が曲げられた。

「や、やだ、そんなところ……やめっ」

ひくり、と性器の先から先走りが垂れる。半透明《はんとうめい》なそれが、たらたらと零《こぼ》れて根本の方に伝う。

「ん、うぅ」

腹の方にあるむず痒い快感を覚える場所に指が触れる。慣らすようにそこを指の腹で何度も押され、指を受け入れている内側が開いたり閉じたり、まるで女の膣《ちつ》のような動きをしてしまう。

気持ち悪いだけだったその場所から、だんだんと痺れるような快感が広がり始める。

そんな場所で感じ始めた自分の姿を見られたくなくて、逃れようと手足を動かした。

けれど結局逃れられずに、目尻に涙《なみだ》が滲《にじ》む。

「もうやめろよ、隆一……っ」

そう言うと、指はあっさりと抜《ぬ》き取られた。

けれどその代わりに開かれた足の間に、張り詰めた欲望が触れる。あまりの熱さに驚《おどろ》いた。

太いそれが、尻の間を辿《たど》る。

「っ、りゅう……っ」

「女のものになるのは仕方ない。だけどお前が、男のものになるのは我慢《がまん》できない」

隆一がそう言って、その場所に入り込んでくる。あまりの圧迫感《あっぱくかん》に体が震えた。

「ひっ」

ぐっと内側が拡げられる。肉の間を、硬くて熱い隆一の欲望が犯《おか》す。

引き裂《さ》かれるような感覚と痛みに頭がおかしくなりそうだ。

「おっき……ぃ」

詰《なじ》るように口にしたのに、自分の耳にすら卑猥《ひわい》に聞こえた。

最悪だ、と思いながらもどうにか痛みに耐えようとするが、とても耐えきれない。

悔《くや》し紛《まぎ》れに背中に回した腕《うで》で拳《こぶし》を作って隆一を叩《たた》いたが、上手く力が入らない。

「う、あ……、痛《いて》ぇ、痛いって」

見下ろすと大きく赤黒い欲望がぎっちりとその場所に突き刺《さ》さっている。太くて硬《かた》いそれはまだ全部収まってはいない。これからもっと痛みに耐《た》えなければならないのかと思うと、体が小刻みに震《ふる》える。

「も、もう嫌だ、これ以上……痛ぇの、いやだ、抜いて、隆一」

「初めてだったのか？」

意外そうに言われ、涙で濡れた頬《ほお》を舐められる。

当たり前だと言い返したかったが、断続的な痛みで言葉にならない。

男相手の体験なんて、普通《ふつう》は無いに決まっている。隆一は俺のことを何だと思っていたのだろう。隆一も速水と同じように、男女問わずに遊んできたのだろうか。

「あのガキに食われてんのかと思った」

ほっとしたような声で隆一が言う。先程《さきほど》より柔らいだ視線に、もう止《や》めてくれるのかと期待したが、強く腰を掴《つか》まれてさらに奥まで呑み込まされる。

「ひ…ぃ…あぁぁっ」

隆一に触《ふ》れている場所から強い熱が伝わってくる。快感と痛みのオーバードーズ。イってもいないのに、鈴口《すずぐち》から精液が零れ落ちる。

「う、ぁ」

滲んだ視界に、熱に浮《う》かされたような目をした隆一が映る。

「全部入ったぞ」

褒《ほ》めるように優《やさ》しく尻を撫《な》でられた。その掌《てのひら》の動きに刺激《しげき》されて、今まで痛みから萎《な》えていた性器がゆっくりと硬くなっていく。

気持ちを裏切るように、体だけは快感を甘受する。そのことが余計に気分を沈《しず》ませた。

「ひ、ひでぇ……っ、信じらんね、も、隆一なんか……」

盛り上がった涙が目尻から零《こぼ》れて頬を伝う。ひっ、と喉《のど》の奥が鳴る。

洟《はな》をすすりながら目を擦《こす》ると、その指先にゆるく口付けられた。

「泣くな」

酷《ひど》いことをしているとは思えないほど優しい仕草で、隆一が俺の髪《かみ》にキスをする。

「誰が泣かしてるんだよ……っ」

思わずそう怒鳴《どな》ってから、振動《しんどう》が響《ひび》いて再び黙《だま》り込む。

背中を着けたフローリングが痛い。隆一を受け入れている場所が痛い。どこもかしこも痛くて、なんでこんなことに耐えなきゃならないのかと、隆一を睨《にら》み付けた。

「死ね、バカ」

そう言って蹴《け》ろうとすると、その途端《とたん》引きつったような痛みが走る。

「うっ……く」

恨《うら》みがましく隆一を睨み付けると、放《ほう》っておかれた性器に指が這《は》う。

「やめ……っ」

触れられたところから甘い快感が染《し》み込む。痛みを誤魔化《ごまか》すようなそれを、気づけば夢中で追いかける。

「あっ、あ……っ」

自分の口から高い声が漏れる。そんな声を隆一に聞かせたくない。

涙が目頭《めがしら》に溜《た》まり、首を振《ふ》ると横に流れた。酷い顔をしているんだろうと思い、腕で隠《かく》そう

とすると手首を掴まれる。

「裕希」

愛《いと》しげな声音《こわね》で呼ばれた。誰《だれ》かにそんなふうに呼ばれたのは初めてだった。

「裕希、好きだ」

隆一は怖《こわ》いぐらい真剣《しんけん》な目で俺を見つめている。

「お前のことがずっと好きだった」

そんなの嘘《うそ》だ。隆一の傍《そば》にはいつも女が居た。

隆一はいつも、俺をからかってばかりで、どうせ今回だって信じたら後で「冗談《じょうだん》だ」と言われるんだろう。

「裕希」

愛しげに頬にキスをされて、深い場所まで熱を擦り込まれる。

ゆっくりと動き出す欲望《よくぼう》に、僅かな快感が生まれた。犯されて気持ち良くなるなんて、自分自身が信じられなかった。

体の反応を否定するように首を振ると、唇《くちびる》がゆっくりと触れ合う。こんなに優しいキスをされたのも初めてだった。

「手を出さないって、決めてたのにな」

自嘲《じちょう》するように、キスの合い間に隆一がそう呟《つぶや》いた。

「っん、ぁ」

声を漏らした途端、隆一に腰《こし》を掴まれて重点的に良い場所ばかりを責められた。

「ひっ、ぁ……っ」

痛いのに、気持ちがいい。

一度気持ちが良いと思ってしまったら、後はそればかりだった。

揺《ゆ》さぶられるたびに声が漏れて、入り込んだ隆一をぎゅうぎゅうと締《し》め付けてしまう。

「隆一っ、隆一、あ、ぁっ」

名前を呼ぶたびに、奥まで抉られる。太い部分で気持ち良い場所を擦られると、堪《たま》らずに声が上がる。

隆一の体を受け入れたまま、達すると同時にぶわっと涙が零れて止まらなくなる。

隆一は少し困った顔で宥《なだ》めるようなキスを何度も繰《く》り返す。

「悪いな。もうお前が嫌《いや》がっても止めてやれない」

俺の体の奥から欲望を抜きとった後も、隆一は俺を抱《だ》き締めていた。酷いことをされたのに、逃《のが》れられないその腕の強さに何故《なぜ》か安心して、いつの間にか泣き疲れて眠《ねむ》ってしまった。

まだ体の奥に何か入っているような違和感《いわかん》が拭《ぬぐ》えない。大学の固い椅子《いす》に座っているのが我慢できず、結局必修の授業を抜け出した。

家にいるのが嫌で大学に顔を出したが、体調は優《すぐ》れないままだ。

泣きはらした目は赤くなっていて、同じ学科の奴《やつ》に指摘《してき》されたときは「寝不足《ねぶそく》だ」と嘘を吐《つ》かなければならなかった。

午前中は校内の図書館でだらだらと過ごして、午後に授業を二コマ出席したが、どちらも途《と》中《ちゅう》で退室してしまった。

こんな風に八限目まで残って家に帰る時間を先延ばししても、なんの解決にもならないことは分かっている。

「最悪……」

どこかで横になりたいと思いながら、食堂横の自動販売機《じどうはんばいき》ブースで炭酸飲料を買う。

何かを食べる気にはならなかったが、腹は減っていた。炭酸で腹を膨《ふく》らませればいいと思いながら、受け取り口に手を入れる。

「先輩《せんぱい》!!」

不意に背後から思い切り肩《かた》を掴まれて、よろける。同時に買ったばかりの炭酸が鈍《にぶ》い音を立ててタイル張りの床《ゆか》に落ち、階段の方に転がっていく。

「あー……」

見ていると、ゴッゴッと音を立てながら一段一段下に落ちていった。

「何すんだよ」

あれでは飲めそうもない。背後にいた須藤を振り返って、軽く睨み付ける。

「す、すみません。でも、俺……！」

慌《あわ》てふためいている須藤は、俺に校門の前に借金取りが居るからどうにかして欲しいと言った。

「相談には行ったのかよ？」

「い、行こうと思ってたんですけど……忙《いそが》しくて」

取り乱している須藤は「俺どうしたらいいんですか？」と口にする。

俺は階段を下りて、落ちた缶《かん》を拾った。縁《ふち》のところが歪《ゆが》んでいる。

「もうすぐバイトの時間なのに帰れなくて。それに上手くいったとしてもこのままじゃバイト先まで来られそうで……」

「この間俺が言ったように言えばいいだろ」

「でも俺、先輩みたいに上手くできないですよ。金利のことも、良く知らないし……」

「良く知らないなら借りるなよ」

「そ、そうですけど、なんとかしてくださいよ～」

「国家権力か専門家に委《ゆだ》ねろ」

須藤を振り切ろうとすると、服の袖《そで》を摑《つか》まれる。

「今回だけ、お願いします！」

腰を折るように頭を下げた須藤の旋毛《つむじ》を見ながら、ため息をつく。

仕方なく須藤と一緒《いっしょ》に校門の近くまで行くと、車に寄り掛かってタバコを吸っていた男と目が合う。

その途端男が渋《しぶ》い顔をするのを見て、須藤が俺の背後に隠れた。

「またあんたか」

嫌そうに眼鏡《めがね》の男が言った。前回と同じく傍《かたわ》らに筋肉質の男を連れていた。

「次は警察呼ぶって言ったよな？」

筋肉質の男が、俺の肩を摑んで顔を近付けてくる。

「おい、お前には関係ねぇだろ」

俺を睨み付けて、低い声で脅《おど》す。

「どけよ」

立ちふさがる男にそう言うと、手に持っていた炭酸の缶を取られる。

「お前がこいつの借金を肩代《かたが》わりでもしてくれるのか？」

男がプルトップに指をかける。

それを見て須藤の腕《うで》を摑むと、強引《ごういん》に男の脇《わき》をすり抜《ぬ》けた。

その瞬間《しゅんかん》、背後でプシュッと派手な音が聞こえる。それと同時に男の間抜《まぬ》けな「うわあっ」という声がした。

「俺のせいじゃねぇぞ」

言い訳のようにそう口にする。

「てめぇ！」

八つ当たりに近い怒声《どせい》が聞こえ、須藤の腕を摑んだまま走った。炭酸まみれの男に殴《なぐ》られる自分は想像したくない。普段《ふだん》ならまだしも、昨日の一件で体は重く怠《だる》い。今なら中学生とケンカしても負ける自信がある。今だって気を抜けば生まれたての子鹿《こじか》みたいに、足がくがくと震《ふる》えそうになる。

なんでこんな事に巻き込まれなきゃならないんだと思いながら駅に向かう。着く頃《ころ》には、借金取りの姿はどこにもなかった。どうやら上手く撒《ま》けたようだ。

須藤は「なんで、ガツンと言ってくれなかったんですか？」とぜぇぜぇと息切れしながら言った。恐《おそ》る恐る周りを見回している姿に、すっかり追いかけられるのが癖《くせ》になっているのだろうと呆《あき》れる。

「言いたいことはこの間全部言った。とりあえずお前はバイト休んで前に言った無料の相談窓口に行け」

「で、でも……」

「次は助けない」

その一言が効いたのか、渋っていた須藤は携帯《けいたい》で俺の口にした施設《しせつ》を調べる。

「とりあえず、行ってみます」

そのままホームに向かう須藤から背を向けて、自宅に帰るべきか隆一の家に帰るべきか悩《なや》む。

あんなことがあって、隆一の家に帰るのは隆一の気持ちを受け入れることのような気がした。

抱《だ》かれて、告白された。隆一が俺のことを好きだなんて嘘《うそ》みたいだ。

「でも、嘘吐いてるような顔じゃなかった」

俺を抱き締めながら「泣くな」と口にしたときの表情は、家庭教師をして貰《もら》っていた頃の懐《なつ》かしい顔だった。それを思い返して、結局隆一の家に帰ることにした。

電車に乗ってから、今日は久しぶりにまた料理に挑戦《ちょうせん》してみようと思った。

駅から少し離《はな》れているマンションまで歩いて向かう。エントランスのところで暗証番号を入力しようとしたら、不意に背後から誰《だれ》かが近付いてくるのが分かった。

何気なく振《ふ》り返ると、そこに立っていたのは先程《さきほど》の二人組だ。

「立派なところに住んでるんですねぇ。これならお友達の借金の肩代わりぐらいできそうだ」

眼鏡の男の言葉に、筋肉質の男が小さく笑った。

「何の用だよ？」

二人を見ながら、尾《つ》けられていたのだろうかと考えた。まるで待ちかまえていたようなタイミングで二人が現れたところを見ると、今日と言うよりは前回尾けられていたのかもしれない。

「お金は彼ではなくお友達に払《はら》って頂こうと思って。もちろんクリーニング代もね」

にやにやと眼鏡の男が笑う。

「意味わかんねぇ」

バカにするようにそう言うと、筋肉質の方が「とりあえず、別の場所で話しましょうか」と早口で言って俺の腕を摑む。

「離せ」

男の腕は簡単に外れた。

男は薄笑《うすわら》いを浮《う》かべながら「大人しく来いよ」と言って、歯をむき出しにしながら笑う。

炭酸のせいで、男のシャツやスーツはところどころ汚《よご》れていた。俺の行く手を阻《はば》むように立った男は、先程よりも力強く俺の腕を摑んだ。

今度は簡単に外れそうにない。体調が悪い日なのに、全身筋肉でできているような男を相手にしなきゃならないなんて、最悪だ。

「ふざけんな」

「おい、ここに住めなくしてやってもいいんだぞ」

借金取りのやり方なんてどこも同じだ。うちの会社はその手のことは一切《いっさい》しないが、同じ業界の人間の手口は分かっている。普段ならこの程度の脅しには屈《くっ》しないが、ここは俺の家ではなく隆一の家だ。隆一に迷惑《めいわく》がかかる事を思うと、つい抵抗《ていこう》が弛《ゆる》む。

それを感じたのか、筋肉質の男が俺を車の方に引きずる。

けれどドアが開かれた瞬間、男達の車と向かい合うように、一台の車が停《と》まる。

あともう数センチ近ければ、二台の車のフロントは潰《つぶ》れていただろう。

「隆一」

車から降りたのは隆一だった。

「男を連れ込むなって言ってるだろう」

こんな場面だというのに冗談《じょうだん》めかして隆一が言った。

「好きで連れてきたわけじゃねぇよ」

唸《うな》るように答えると、近づいてきた隆一が気負いもなく眼鏡の男に話しかける。

「それを離してもらえるか？」

「そ、それってなんだよ……！」

男に腕を摑まれた状態で、思わず反抗する。

こういうところがあるから、隆一の告白を信じられないんだ。告げられた気持ちを信じ切れないのは、隆一の態度のせいもある。

「おたく、どなた？」

眼鏡の男はそう言ってうんざりしたように隆一を見る。

次から次へと関係無い連中が出て来る、そんな気持ちが男の横顔から見て取れた。

「それの保護者だ」

家出してきた以上、隆一は確かに現在の俺の保護者かもしれないが、とっくに成人しているのに保護者と名乗られるのは複雑な気持ちだ。まんまガキ扱《あつか》いされてる気がする。

「ならちょうどいい。彼がうちの債務者《さいむしゃ》におかしなことを言ったせいで、債務者が支払《しはら》い意欲《いよく》を喪失《そうしつ》してしまってね。だから立て替《か》えて貰いたいと思って来たんですよ。正直、とても困っているんです。こちらとしては、できる限り穏便《おんびん》に済ませたいんでね」

穏便、と眼鏡の男が口にした途端《とたん》、俺の腕を掴む力が強くなり、腕がねじり上げられる。

「つっ」

思わず漏《も》れた声に、筋肉質の男が満足げな顔をした。

まるで計ったような二人のコンビネーションだ。同じようなやりとりを彼らは何度となく繰《く》り返しているのかもしれない。

しかし隆一はそんな脅《おど》しには屈しなかった。眼鏡《めがね》の男に冷めた目を向けてから、呆れたように俺を見る。

『同業者なんだから自力で切り抜けられないのか？』

そんな意味合いの視線だった。

けれど、親父《おやじ》がそういう会社を経営しているからといって俺には関係ない。多少は知識があるが、それはあくまで素人《しろうと》よりは詳《くわ》しいレベルの話だ。

こんなヤクザ紛《まが》いの連中を上手くかわす方法なんて知らない。

「債務者の借金の額は？」

「五十四万円です」

眼鏡の男が言った。額が増えてる。どんな計算をしたのか、是非《ぜひ》詳細《しょうさい》に聞いてみたい。

「元金は？」

その質問に眼鏡が答えなかったので、俺が答える。

「二十万」

それを聞いて隆一はくすりと笑った。借入期間を聞かずとも、明らかに元金よりも膨《ふく》らんでいる借金額に、呆れるのを通り越《こ》して可笑《おか》しくなったのだろう。

笑われ、表情が険しくなった眼鏡の男に、隆一は懐《ふところ》から出した名刺《めいし》を渡《わた》す。

男はそれを訝《いぶか》しみながら受け取り、肩書《かたが》きに視線を這《は》わせてから唸るような声で「放してやれ」と筋肉質の男に命令した。同業者には脅しが効《き》かないと考えたのだろう。

筋肉質の男は不満げだったが、俺はきつく摑《つか》まれていた腕《うで》を解放される。

バカ力で握《にぎ》られていたせいで、じんじんと痛む。

「残念ながら、それにはあなた方の債務者の借金を肩代《かたが》わりする義務はありません。それにおそらく、あなた方の債務者もその借金を払う義務がないのでは？」

「うちの債務者の事情はおたくには関係ないでしょう？」

鋭《するど》い目つきで太った男は隆一を睥睨《へいげい》するが、隆一は怯《ひる》むどころかうっすらと口元に笑《え》みを浮かべる。

「先にそれに手を出したのはそちらの方だ」

隆一はそう言うと、俺を自分の方に引き寄せた。

「今後これにつきまとうようなら、こちらもそれなりの対処をします」

隆一は穏《おだ》やかな口調でそう言った。けれどだからこそ余計に底知れない雰囲気《ふんいき》がある。

眼鏡の男はこれ以上ねばっても無駄《むだ》だと思ったのか、隆一を睨《にら》み付けてから車の助手席のドアに手を掛ける。

未《いま》だに隆一の正体が分からない筋肉質の男は、眼鏡に促《うなが》されてから運転席に座る。そのまま車は勢いよくバックして、ぎりぎりで隆一の車の横をすり抜けて走り去ってしまった。

「おかえり」

二人きりにされると、なんと言えばいいのか分からなくて、思わずそんな台詞《せりふ》を口にした。

隆一はそんな俺を見て「ただいま」と口にする。

それから隆一が車を仕舞《しま》うために、再び運転席に乗り込む。それを見て俺は足早にマンションのエントランスに向かった。隆一を待っても良かったが、急に恥《は》ずかしくなって一人でエレベーターに乗った。

おかえりとただいま、そんな簡単だが当たり前のやりとりを二人の間でするのは初めてだ。

現実味が無いと思っていた愛の告白が、ただいまと隆一が微笑《ほほえ》んだせいで、少しだけ現実味を帯びる。

「うわー……」

「逃《に》げだしてぇ……」

エレベーターの階数表示を見上げながら、そんなことを考える。

気持ちの整理はまだ付いていない。隆一とどんなふうに向き合えばいいのか分からなかった。さっきは借金取りがいたからいつも通り振る舞えたが、二人きりになったらどんな反応をすればいいのか分からない。

昨日のことを怒《おこ》ればいいのか、それとも……。

「いや、怒るべきなんだろうけど……」

でも本当は怒ってない。悲しくて辛《つら》かったが「好きだ」という言葉で、その気持ちは綺麗《きれい》に洗い流されてしまった。残っているのは、戸惑《とまど》いだけだ。戸惑いが無くなったときに何が残るのかは、まだ分からない。分からないままでいたい。

いっそのことエレベーターが途中《とちゅう》で止まってくれないかと願ったが、滞《とどこお》りなくエレベーターは目的の階に着いて扉《とびら》を開く。

仕方なく降りて、隆一の部屋のドアを開けた。部屋に入ってから、玄関《げんかん》で靴《くつ》を脱《ぬ》いで電気を点《つ》ける。

その時携帯《けいたい》が僅《わず》かに震《ふる》えた。後輩《こうはい》からのメールだ。

『相談した結果、代理人が借金取りと話してくれることになりました。先輩《せんぱい》の言う通り、これ以上お金を払《はら》う必要はないみたいです』

「だから言っただろうが」

返信は打たずに、携帯電話をバッグに仕舞う。

冷蔵庫を開けていると、隆一が玄関を開ける。そのまま俺の傍《そば》に来て、冷蔵庫からミネラルウォーターを取り出す。

それに口を付けた隆一は、俺の視線に気づくと半分近く飲み干してから「なんだよ」と言った。

「見惚《みと》れてんのか？」

そう言って笑う顔に、本当に見惚れそうになって「バカじゃねぇの」と口にする。

だけどそう言いながらも、頰《ほお》が赤くなる。

「友達の代わりに話をつけたのか？」

不意にそう訊《き》かれて「そういうわけじゃないけど」と答えた。

きちんと話をつけたわけじゃないから、その言い方だと語弊《ごへい》がある。

「後輩が借金しててさ、利息分だけでバカみたいな返済額になってたから、少し注意した」

正確には営業停止や行政指導という言葉で軽く脅した。

「その後輩は？」

「今日、無料で相談ができる窓口に行かせた。代理人を立てて交渉《こうしょう》するって」

「そうか。なら大丈夫《だいじょうぶ》だろう」

隆一はそう言って、俺の頭をくしゃりと撫《な》でる。

須藤のために力を尽《つ》くしたわけではないから、褒《ほ》めるような手つきに複雑な気分になる。

「別に、大したことはしてない」

「お前にとってはな」

「どういう意味だよ？」

「借金で苦しむ人間にとっては、大したことだ。少なくともお前が居なきゃ、その後輩は搾《しぼ》り取られるだけ搾り取られてただろうな」

「でも、別に俺が代理人として交渉するわけじゃないし」

後は知らない、と突《つ》き放すような態度を取った。懇切丁寧《こんせつていねい》に相談に乗ったわけじゃない。

「けどお前が教えなければ、相談窓口があることも知らなかったんじゃないのか？」

それは確かにそうだ。それに俺が後押しをしなければ須藤はその窓口を訪《おとず》れなかったかもしれない。

「だけど教えたのは頼《たよ》られるのが面倒《めんどう》だったからだ。それに、俺は騙《だま》される方も悪いと思ってる」

少し調べれば法的に定められてる利息額なんて分かるはずだし、相談窓口だってすぐに見つかる。なのに言われるがままの金額を支払《しはら》い、追い込まれていた後輩をバカな奴《やつ》だとも思う。

「追い詰《つ》められてる人間には周りが見えない。だから外からの助言が必要なんだ。お前がしたことは、正しいよ」

隆一は少し陰《かげ》のある笑みを浮《う》かべてそう口にする。

「俺の行為《こうい》は偽善《ぎぜん》に似てる」

ＣＤ屋で募金《ぼきん》をしたときの気持ちと同じだ。

自分が善人だと周囲に勘違《かんちが》いされることに抵抗《ていこう》を感じる。

「それでも誰《だれ》かの役に立つなら、それでいいんじゃないのか？　お前は、そういう変なところで昔から真面目《まじめ》だよな」

真面目なんて一番自分に似合わない言葉に眉《まゆ》を寄せると、隆一が笑う。

不意に向けられた隆一の笑顔に、どきどきする。こんなによく笑う奴だっただろうか。

どういう態度を取ればいいのか決めかねていると、隆一の携帯が鳴った。

隆一は電話の相手と短い会話をすると、再び玄関に向かう。

「どこに行くんだよ」

「仕事だ」

「……どうせ女だろ？」

誤魔化《ごまか》されるものかと思いながら呟《つぶや》けば、驚《おどろ》いた顔で隆一が振《ふ》り返る。

「妬《や》いているのか？」

隆一の指摘《してき》に頬に血が集まる。確かに今の言い方では嫉妬《しっと》しているようにしか聞こえない。

「べ、つに」

言い訳しようとすると、くしゃりと髪《かみ》が撫でられる。

「俺が好きなのはお前だよ」

「っ」

撫でられたまま、顔も上げられずに俯《うつむ》く。

絶対に赤い顔をしている自信があった。普段《ふだん》ふざけている癖《くせ》に、こういうときだけ真剣《しんけん》な声でそんな風に言うのは狡《ずる》い。卑怯《ひきょう》な手だと思いながらも、不覚にも反応してしまう。

「さっさと行けよ」

照れ隠《かく》しにそう言うと、隆一が声を立てて笑った。


「もの凄《すご》く怖《こわ》かった」

冗談《じょうだん》半分、本気半分で速水は言うと俺の横に座る。

速水が隆一と会うのは初めてだった。俺の話から、勝手にイメージしていた人物像と実物は著《いちじる》しく違《ちが》ったらしい。

「隆一って人、意外と武闘派《ぶとうは》？」

相変わらずなんでも野球に喩《たと》えたがる教授が、また壇上《だんじょう》でデフレスパイラルを草野球の試合で喩えている。講義の内容は大して面白《おもしろ》くないが、教授のコミカルな動きは見ていて飽《あ》きない。けれど伝わってくるのは熱意だけで、講義内容はいまいち伝わらない。

「お前がバカなことするからだろ」

隆一の部屋で襲《おそ》われたときの事を思い出してそう言うと、速水は「バカってなんだよ。俺はお前の自己理解を深めるためにやったのに」と唇《くちびる》を尖《とが》らせる。

「おかげで自分の気持ちが分かっただろ？」

「自分の気持ち？　隆一の気持ちは分かったけどな」

速水はしばらく黙《だま》ってから「もしかしてまだ気づいてないのか？」と言った。

「なんのことだよ」

速水は呆《あき》れたようにため息をついて「鈍《にぶ》い鈍いと思ってたけど、ここまでとはな」とだらりと椅子《いす》の背もたれに寄り掛かる。最後部なので、背後を気遣《きづか》う必要がなく、まるで軟体《なんたい》動物のようにぐてーっとしている。常に人目を意識して格好つけている男にしては珍《めずら》しい格好だ。

「俺がなんのために、間男演じたと思ってんだよ」

「なんのためだ？」

「……………もういい」

そう言って速水が「一生、兄弟ごっこやってろ」と言った。

少し怒《おこ》ったような横顔に「怒るのは俺の方だろ。いきなりあんなことしやがって」と口にする。

「はいはい。俺が悪者でいいよ」

速水はそう言って講義が終わるのを待ってから、同じ授業を取っている女の方に近づいて行く。

そのとき捨て台詞《ぜりふ》のように「あんまり鈍いと今度は最後までやるぞ」と言った。

どこか苛立《いらだ》っているような速水に、その真意が分からなくて大学にいる間そのことをずっと考えていた。

速水に触《ふ》れられて気持ちが悪いと感じたこと。隆一に触れられて、ただただ戸惑ったこと。

「もしかして、それが速水が俺に分からせたかった答えか？」

そうと気づけば、顔が熱くなる。

隆一は、俺にとって兄貴みたいな存在だった。そこにあるのは憧《あこが》れと少しの嫉妬と、構って欲しいという気持ちだけだった。

いい年をして、そんな子供みたいな感情を抱《いだ》く自分に呆れていたが、それが兄弟愛じゃなくて恋愛《れんあい》感情なら納得《なっとく》がいく。

「なんだ……そういうことか」

分かってしまえばバカみたいに簡単だ。どうしてそのことが分からなかったのか、不思議でならない。傍《はた》から見ていた速水ですら分かったのに。

隆一の周りに女がいるのが面白くないのは当たり前だ。好きだからだ。隆一のことを独占《どくせん》したいから、周りの女が気に入らない。

「なんで今まで気づけなかったんだろう」

答えは驚くほどシンプルで簡単だったのに、見落としていた。

「バカみたいだ」

赤くなったまま顔を押さえる。ますます隆一にどんな顔をして会えばいいのか分からなかった。

久しぶりに帰った家は相変わらず綺麗《きれい》に掃除《そうじ》されていた。

家政婦の梶原さんからは「どこにご旅行に行かれてたんですか？」と訊《き》かれる。

二十歳《はたち》を過ぎて家出をしていたとも言えなくて、適当に有名な温泉地の名前を口にしたら羨《うらや》ましがられた。

親父《おやじ》が帰って来るまでにレポートを仕上げてしまおうと思いながら、パソコンを立ち上げる。

月末提出のレポートの存在をすっかり忘れていた。食堂で同じ授業を取っている須藤に会わなかったら、出し忘れて単位を貰《もら》えなくなるところだった。

昨日まで借金で苦しんでいた須藤は、まるで憑《つ》き物が落ちたように笑顔《えがお》ではしゃいでいた。

代理人のお陰《かげ》で借金が消えたと、スキップでもしそうな勢いで喜んでいる。

『昨日のお礼に俺がレポートを書きましょうか？』

『それは自分でやることだから』

そう言った俺を、後輩《こうはい》は意外そうに見ていた。隆一が言った変なところで真面目、というのはこういうところを指すのかも知れない。

キーボードを叩《たた》きながら、部屋にあった資料を漁《あさ》る。気づけば部屋が暗くなっていた。慌《あわ》てて電気を点《つ》けて、ほっと息をつく。

暗いのは未《いま》だになれない。

「いつになれば直るんだろうな」

自嘲《じちょう》気味に言いながら、誘拐《ゆうかい》されたときの事を思い出す。

小学校一年生の十月二日。親父に借金を断られた客の一人が、逆恨《さかうら》みから俺を誘拐した。小学校に行く途中《とちゅう》、いきなり現れた男に車の後部座席に押し込まれた。

最初はわけがわからなかった。それが誘拐だと気づいたのは、男の車が停《と》まってからだ。連れて来られたのは、見知らぬ町の人気《ひとけ》のない川沿いだった。背の高い葦《あし》が繁《しげ》っていて、車の一台や二台は簡単に隠すことができた。

周囲の目が届かないその場所で、俺は戸惑《とまど》ったまま怯《おび》えることもできずにいた。

『お嬢《じょう》ちゃんは悪くないが、おじさんはお嬢ちゃんのパパがお金を貸してくれないせいで、会社が倒産《とうさん》してすごく辛《つら》い目に遭《あ》うんだ。だからパパにも同じく辛い目に遭ってもらうよ』

ヤニで黄色い歯をした男はそう言うと、俺を後部座席から下ろした。置き去りにされるのかと不安に思ったが、同時に男と離《はな》れられることに安堵《あんど》も感じた。男が俺を女と間違えていることは分かっていたが、それをわざわざ訂正《ていせい》しようとは思わなかった。女のほうが、手荒《てあら》なことをされないと思ったからだ。

しかし、俺の予想は間違っていた。

俺は車のトランクに寝《ね》そべるように言われた。怖くて言いなりになると、ガチャンと音がしてトランクが閉まった。ろくに身動きの取れない車のトランクは、真っ暗だった。下の方には少しだけ隙間《すきま》があって、針の穴を通すような光が見えたが、それだけでは充分《じゅうぶん》じゃなかった。

後部座席と繋《つな》がっているトランクで、俺の背中にはシートの裏側の布地が当たっていた。

男は俺を車のトランクに閉じ込めていなくなった。しばらくはじっとしていたが、そのうち我慢《がまん》できずに恐《おそ》る恐る声を出した。

『出してください』

けれど応《こた》えは返ってこなかった。段々怖くなって、後部座席やトランクの蓋《ふた》を足で蹴《け》り、拳《こぶし》で殴《なぐ》り付けながら「出せ」と叫《さけ》んだ。

声がかれて、額に汗《あせ》が浮《う》かんでも、ドアも後部座席もびくともしなかったし、誰《だれ》かの返事も無かった。

そのうち、自分はここで死ぬんじゃないかと思い始めた。

真っ暗で息苦しいこのトランクの中で、誰にも知られずにひっそりと死ぬ。

そう思ったら怖くて堪《たま》らなくなった。恐怖《きょうふ》はずっと続いた。

警察に救出されたのは翌日の夜遅《おそ》い時間だった。その時、普段《ふだん》大人しくてほとんど喋《しゃべ》らない母親が泣きながら親父を詰《なじ》っていたのを覚えている。

結局その事件が原因で親父と母親が離婚《りこん》した。

犯人は捕《つか》まったが、執行猶予《しっこうゆうよ》がついた。それを知ったときに、暗闇《くらやみ》と狭《せま》い場所を恐怖するようになった。犯人は塀《へい》の外をうろついている。またどこからかいきなり現れて、再び閉じ込められるんじゃないかと思い、不安で爪《つめ》を噛《か》むようになった。

離婚してから一年後に新しくやってきた若い義理の母親は、そんな俺の対処に困っていた。

義理の母親を前にすると、お互《たが》い緊張《きんちょう》して身動き一つするのにも気を遣《つか》ったから、それが嫌《いや》でできる限り関《かか》わらないようになった。

そのせいで未だに俺は義理の母親とろくに話したことがない。

実際お互い話したいこともなかった。

「だから余計に、隆一に依存《いそん》したのかも知れないな」

俺が甘えられるのは隆一だけだった。

自分の部屋を見回し、隆一が家庭教師で来ていたときに定位置にしていた一人掛け用のクッションチェアを見る。包み込むような丸形のそれに座り、長い足を組みながら勉強を教えてくれた。頭が良いだけあって、教え方は簡潔で的確だった。

隆一なら何にでもなれるだろうと思っていたし、実際何にでもなれただろう。

そんな隆一が父親と同じ職業を選んだと聞いたときは、本当に驚《おどろ》いた。

『なんで金貸しなんか』

あからさまにそう言った俺に対して、隆一は少し怖《こわ》い顔をして「父親の仕事をそんな風に言うな」と叱《しか》った。

隆一は俺が誘拐されたことは知らない。俺も言っていないし、そんなことを吹聴《ふいちょう》してまわるような人間はうちにはいない。

だから、俺が親父の仕事を毛嫌《けぎら》いしている理由の大部分を隆一は知らない。

「金貸しなんか……ろくなもんじゃない」

思わずそう呟《つぶや》いた。

少し喉《のど》が渇《かわ》いたので、階下に向かう。覗《のぞ》いた台所では、梶原さんが夕食の支度《したく》をしていた。

「良かった。お食事をどうされるのか、お伺《うかが》いしようと思っていたんですよ」

そう言われて俺は「食べていく」と答えた。

隆一が帰ってくるまでには帰る気でいたが、どうせ隆一は食事を済ませて来るのだろう。それなら家で食べて行った方が良い。親父はどうせ今日も残業だろう。

「何になさいますか？　買い物したばかりだから、なんでも作れますよ」

長年家にいる梶原さんは大きな冷蔵庫を開けた。その後ろ姿に「ハンバーグ」と答えた。

「美味いハンバーグの作り方、教えてよ」

「作り方、ですか？」

頷《うなず》いてから男がそんなことを言うのはおかしいだろうか、と所在なく頭を掻《か》く。

「料理、少し覚えようと思って」

「……でしたら、とびきり美味《おい》しいハンバーグの作り方を、私が伝授して差し上げます」

梶原さんはそう言うと、笑って腕《うで》まくりをした。

野菜の剝《む》き方、包丁の持ち方から教えられ、最後はソースの作り方も伝授される。

一時間かけて作ったハンバーグは、今まで食べたなかで一番美味かった。食事を終えて食器を洗っていると、不意に「料理を作ってあげたい方がいるんですね」と言われた。

どきりとして思わず洗っていた皿を落としそうになる。梶原さんは明日の朝に炊《た》きあがるように炊飯器《すいはんき》のタイマーをセットしながら「良かった」と呟く。

「どういう、意味だよ」

「裕希さんが自分から何かをしたいと言われたのを、初めて聞いた気がします」

「……」

そうだっただろうか。そうかもしれない。

食器を洗い終わった後、ハンバーグの作り方をメモして部屋にレポートを取りに戻《もど》る。仕上がったレポートをバッグに詰《つ》め、廊下《ろうか》に出てから部屋の電気を消した。そのとき不意に車のエンジン音が聞こえる。

親父《おやじ》の車だ。

慌てて廊下の階段を覗き込むと、しばらくして玄関《げんかん》のドアが開いた。

はっとしてそのまましゃがみ込む。玄関から見えない位置に身を隠《かく》すと、親父の声がした。

「おかえりなさいませ」

梶原さんがぱたぱたとスリッパを鳴らして玄関の方へ向かう。

予《あらかじ》め俺が帰って来ている事は口止めしてあった。

『進路のことでもめてるから』

食事のときに事情は簡単に説明してある。梶原さんは俺が帰って来たことを内緒《ないしょ》にする代わりに、今度親父にもハンバーグを作ることを俺に約束させた。

「いや、ちょっと資料を取りに寄っただけだ」

親父の声に耳を澄《す》ます。足音は二人分あった。もう一人は恐らく部下だろう。

「はあ、左様ですか」

「悪いが、倉庫から七年前の決算の書類を持ってきて欲しいんだ」

倉庫というのは地下にある物置部屋のことだ。その部屋には、親父の会社に置かれていた資料がそのまま入っている。

「七年前、ずいぶん前ですね。ちょっとお待ち下さい」

梶原さんの足音が遠ざかる。

すぐに帰るのかとほっとしていると、隆一の声が聞こえた。部下だと思っていた足音は隆一だったようだ。

「どのぐらいあるんですか？」

「段ボール二箱分はあるな、だから君を呼んだんだよ」

「荷物持ちぐらいでしたらいつでもします」

隆一がそう言ったのが聞こえた。相変わらず親父に対しては人当たりが良い。

「それより、うちの息子《むすこ》が世話になってるみたいで悪いね」

どきりとする。親父は俺が隆一のところに行っているのを知っていたらしい。

隆一が言ったのだろう。そうでなければ、親父がそのことを知っているわけがない。

「頼《たの》んだとおり、君のところに繋ぎ止めておいてくれて助かった。どこかにふらふら行かれると困るからね。特に悪い友達のところには行って欲しくない」

悪い友達の言葉に、父親が速水のことを快く思っていないことを思い出す。

「ご安心ください」

「あれは昔危ない目にあったことがあってね。それで余計に甘やかしてしまって、こんなに我が儘《まま》になってしまった。でもやはり、自分の息子に会社は継《つ》いでもらいたいんだ。君には説得役を頼んで申し訳ないが、あれは昔から君の言うことならよく聞いたから」

父親がそう言い終わる頃《ころ》に、家政婦が部屋の奥から隆一を呼ぶ。

「申し訳ありませんが、手伝ってくださいますか？　腰《こし》が痛くて」

その声に、隆一が靴《くつ》を脱《ぬ》いで家に上がる音が聞こえる。しばらくして親父と隆一は資料の入った段ボールを持って居なくなった。

俺は廊下に座りながら、父親が言った言葉を反芻《はんすう》する。

頼んだ通り、というのはどういうことだろうか。

隆一は、俺を繋ぎ止めるために俺に告白をしたんだろうか。

「まさか、だって最初は……出て行けって言ってたし」

だけどもしかして、それも俺の性格を知っている隆一がわざとそう言っていただけで、最初から全部隆一や父親の思い通りだったのだろうか。

「……」

もしも俺を隆一の家に大人しく置いておくためだけに、あんなことを言ったのだとしたら、立ち直れない。

だって、ようやく気づいたんだ。

隆一の事が好きだって、ようやく分かったのにそんな結末は惨《みじ》めすぎる。

思わず拳《こぶし》を握《にぎ》り締める。ハンバーグの作り方を書いたメモが、クシャリと音を立てて手の中で潰《つぶ》れた。

「遅《おそ》かったな」

隆一のマンションに帰ると、隆一はすでに帰宅していた。

ジャケットとネクタイを脱いで、いつもよりはラフな格好で夕食を作っている。

その後ろ姿を見ながら「俺、家に帰る」と声をかけた。

隆一は振《ふ》り返らずに「そうか」と口にする。

「賛成？」

「当たり前だ。神山社長も心配していたからな」

「……」

それを聞いて、我慢《がまん》していたものが吹《ふ》き出す。思わず貰《もら》った合い鍵《かぎ》を隆一の背中に投げ付けた。

振り返った隆一は、俺の顔を見ると驚《おどろ》いたように料理の手を止める。

「どうした？」

近づいてきた隆一の手が頬《ほお》に触《ふ》れる。触れられるまで、自分が泣いていることに気づかなかった。

「裕希？」

「触《さわ》るな」

怒《ど》鳴《な》るとあとからあとから涙《なみだ》が溢《あふ》れてくる。隆一の手を振り切って寝室《しんしつ》に入った。自分が持ち込んだバッグに、散らばっている私物を入れて部屋を出る。

「何かあったのか？　言わないと分からないだろ？」

こんなときでも冷静な男に、悔《くや》しくなると同時に悲しくなる。

そんな風にしていられるのは、隆一が俺のことを本気で好きじゃないからだ。

「全部聞いてたんだよ！　俺がなんにも知らないと思って、バカにしやがって‼」

思わずぶちまける。

「二度と隆一の家になんか来ねぇよ。迷惑《めいわく》かけて悪かったな」

伸《の》ばされた手を振り切って、家を出る。エレベーターに乗り込んでから、涙を拭《ぬぐ》う。

親父と隆一の会話を思い出すと腹が立って、思わずエレベーターの壁《かべ》を思い切り蹴《け》った。その途端《とたん》、エレベーターががくんと揺《ゆ》れて途端に動きが停止する。

「え？」

ブウゥン、と音を立てていきなり電気も消えた。

予想していなかった事態に、思わず涙も止まる。

怒《おこ》って飛び出したのに、エレベーターの中で閉じ込められるなんて、格好悪い。まるで何かのコメディのようだ。昨日、エレベーターが止まればいいと冗談《じょうだん》で考えていたせいだろうか。

蹴ったことを後悔《こうかい》するが、もう遅い。体が勝手にいつもの状態を引き起こす。

「っ」

喉《のど》がひりつく。呼吸が速くなる。過呼吸になるのが怖《こわ》くて膝《ひざ》を立てて座り、頭を低くする。

こうすると良いんだと、以前保健医か何かに聞いたが、効果があるのかどうかはいまいち分からない。

頭の中では、できるだけ他《ほか》のことを考えようとした。暗闇《くらやみ》が気にならないように目を瞑《つぶ》り、エレベーターの中に居ることが忘れられるように、必死で頭を働かせる。

しかし焦《あせ》れば焦るほど、呼吸音は耳障《みみざわ》りになっていく。

「はぁ、はぁ」

深呼吸だ、と思うのにそれができない。

怖くなった。こんな場所で過呼吸を起こしたら、誰《だれ》が助けに来てくれるんだろう。

そう考えて、不意に隆一にキスされたことを思い出す。舌を吸われ、唇《くちびる》を撫《な》でられた。

あやすように優《やさ》しく、熱を込めて激しく何度も触れられた。噛《か》みついても、キスは続いた。

「はあ」

必死にそのときのことを思い出そうとした。隆一の舌の動きや、唇の動きを記《き》憶《おく》の中で辿《たど》る。

「ふ……っ」

呼吸のペースが、少しだけ落ちる。

そんなとき、不意にバッグに入れたままの携帯《けいたい》が鳴る。

服の下、バッグの一番奥に押し込められていたそれを手に取ると、液晶《えきしょう》には隆一の名前が表示されていた。通話ボタンを、震《ふる》える手で押す。

「もしもし」

『裕希、大丈夫《だいじょうぶ》か？』

エレベーターが止まっていることを知っているのだろう。少し焦った声で隆一が言う。

格好悪いな、と思いながら頷《うなず》く。

『管理会社には連絡《れんらく》してある。もうすぐ修理の人間が来る』

「ん」

頷くだけで精一杯《せいいっぱい》だった。呼吸のペースは相変わらず速くなったり遅くなったりで、過呼吸を起こしかけている。

『喋《しゃべ》らなくて良いから、そのまま聞いてろ』

電話を耳に当てる。自分の呼吸音が入ってしまわないように、口からは少し遠ざけた。速いペースで呼吸していると、頭痛がしてくる。それをやり過ごしたくて、隆一の声に意識を集中させた。

『俺は裕希が好きだ』

迷いの無い声で隆一が言った。

『神山社長は俺の恩人だから、神山社長のためならなんでもできる。だけど、お前のことになるとそれが上手くいかない』

恩人、という言葉が耳慣れない。

『俺の父親も昔は中小企業《きぎょう》の社長だったんだ。だけど取引先に不渡《ふわた》りが出て、倒産《とうさん》して悲惨《ひさん》なことになった。生きるか死ぬかまで追い詰《つ》められて、毎日取り立てに追われていた。俺も、母親も限界だった』

そんな話は初めて聞いた。隆一も隆一の父親も、親父《おやじ》もそんないきさつは話してくれなかった。

『そんなときに、神山社長が闇金の連中を追い払《はら》ってくれた。金を貸してくれただけでなく、父親を会社で雇《やと》ってくれた。金はゆっくり返せばいいと言ってくれた。だから、俺達にとって神山社長は恩人だ。お前は金貸しなんて、と嫌《きら》うかもしれないが、それでも俺達みたいに救われてる人間もいるんだよ』

エレベーターの壁に背中を着けながら、隆一の話を聞いた。

『お前が家出したとき、真っ先に神山社長から俺に連絡があった。だからデートを中断して一度家に帰った。だけどまさか本当にお前が来るとは思わなかった』

家出をした俺がどこに向かうのか、親父には俺の行動が手に取るように分かっていたらしい。

『最初は社長にしばらく居させてやってくれと言われた。でも、俺はお前を傍《そば》に置いておきたくなかった』

その言葉に胸が痛む。嫌われていたのかと考えて、苦しくなる。

『家庭教師を頼《たの》まれたとき、お前はまだ中学生だったよな。生意気で偉《えら》そうなのに俺の言うことはなんでも聞いて、必死で付いてこようとするのが可愛《かわい》かった。弟ができたみたいで、お前といるのは、すごく楽しかった』

俺もだ。隆一といるのはすごく楽しかった。甘やかされるのが心地《ここち》良かった。叱《しか》られるのですら、嬉《うれ》しかった。

『だけど、高校に入ったぐらいから、だんだん可愛いだけじゃなくなってきた。高校一年の夏に、お前が好きな女がいるって俺に相談してきたときに、自分がお前のことをどんな目で見てるのか気づいた。それが分かったら、傍にはいられなかった』

呼吸がだんだんと治まってくる。胸に手を当てる。まだゆるく上下している。それでも、もうパニックには陥《おちい》りそうにない。

『お前に手を出すのが怖くて、それまで以上に女とつき合うようになった。押し殺したつもりだった。何度も、この気持ちは殺した。それでも会うたびにお前のことを好きになった』

小さく隆一が電話の向こうで笑う。

『他の男がお前を抱《だ》こうとしてるのを見て、頭に血が上って抑《おさ》えが利《き》かなくなった。恩人の息《むす》子《こ》に酷《ひど》いことをした。神山社長に合わせる顔がない。だけど、もう隠《かく》せないし隠すつもりもない』

柔《やわ》らかな声で隆一が言った。

『好きだ』

「……ん」

『お前のことが、誰より愛《いと》しい』

ゆっくりと、暗闇の中で目を開く。エレベーターのドアは堅く閉《と》ざされたままで、箱の中は真っ暗だった。

凄《すご》く怖かった筈《はず》なのに、冷静な自分がいる。

ブウゥンと、先程《さきほど》と同じ音がしてエレベーターの電気が復旧する。モーター音がして、再びエレベーターが動き、一階で止まった。

ゆっくりとドアが開くと、そこに隆一が携帯を片手に立っていた。

「俺も隆一が好きだ」

携帯を繋《つな》げたままそう言った。

隆一は困ったような嬉しそうな顔をして俺をエレベーターの中から引っ張り出す。

それから長く力強い腕《うで》で俺を抱《だ》き締めると「知ってるよ」と掠《かす》れた声で言った。


家のリビングで向かい合うと、親父は真剣《しんけん》な顔で「お前が本当にやりたいことがあるなら、それを邪魔《じゃま》するような真似《まね》はしない」と口にした。

久しぶりにこうして顔を突き合わせて話をする。

忙《いそが》しくてろくに家にいなかったことを、親父は親父なりに悔《く》いているのかも知れない。

「あんなことがあったんだ。お前が会社を継《つ》ぎたくないと思うのは当然かも知れないな」

あんなこと、というのは小学生の時の誘拐《ゆうかい》事件だ。

息苦しい車のトランクと暗闇。警察に助け出されたとき、傍にいた親父とお袋《ふくろ》が俺を抱き締めて泣いた。結局そのときのことが原因でお袋はいなくなってしまったけれど、あのことでもう親父を責めようとは思わなかった。

「悪かったよ。俺は、親父の仕事をなんにも分かってなかったから」

金を転がして儲《もう》けてるだけ、いやらしい商売だとそんな風に考えていた。

それで誰《だれ》かが救われていることなんて、隆一に言われるまで気づこうともしなかった。

毎年大量に送られてくる年賀状には幸せそうな家族の写真がいくつもプリントされていて、親父は確かに誰かの役に立っていたのに俺は詰《なじ》るばかりで何も見ていなかった。

「隆一は、親父に助けられたって言ってた」

親父は小さく頷いた。

「知らなかった」

ぽつりと呟《つぶや》くと、親父は「隆一君に会ったのは彼が中学一年のときだよ」と言った。

「毎日朝早く、橋の上で川を見下ろしている子がいて、ある日気になって話しかけてみた。そしたら、その子に訊《き》かれたんだよ。自殺しても、保険金は支払《しはら》われるのかってね」

親父はそう言って自分の手に視線を落とした。

「驚《おどろ》いたよ。事情を聞いたら、借金が幾《いく》つもあるんだと言っていた。自分が死ねば保険金で借金を返済できるんじゃないか、とね」

隆一の言葉とは思えなかった。隆一がそんな風に弱気になるところを見たことがない。

「だけど、自分が死んだら父親と母親も生きる気力を失いそうで、踏《ふ》ん切りが付かなくて毎日毎日飛び込めない。これより良い方法は思いつかないのにって、隆一君はそう言っていた」

「それで、親父はなんて言ったんだ？」

「誰か助けを求められる人はいないのかと訊いたよ。それを聞いて、隆一君は少し笑った。助けは来ない。これから先も、ずっと来ないって、痣《あざ》だらけの顔でそう言った」

助けは来ない、けれど助けは来た。隆一にとって、それが親父だった。

ようやく隆一が親父に心酔《しんすい》する理由に納得《なっとく》ができた。

「この仕事には良い面も悪い面もある。世間には悪い面ばかりが目立っている。お前が継がなくても、もう父さんはとやかく言うつもりはない」

「隆一に説得しろって頼んだくせに」

「逆に説得されたよ。お前の好きな道を選ばせろとね、きっと正しい道を選ぶだろうからって」

二人の間で交《か》わされていた会話を聞いて、思わず苦笑《くしょう》する。

いつだって隆一は俺の味方だ。出会ったときからずっと。疑ったことを申し訳なく思いながら顔を上げる。

「将来のことは、真面目《まじめ》に考える。親父《おやじ》の仕事を継ぐかどうかも含《ふく》めて真剣に考えるから、答えを出すまで、もう少し迷わせて欲しい」

そう言うと、親父は小さく笑いながら頷《うなず》く。

「分かった」

神妙《しんみよう》な顔で頷いてる親父に「今日、出掛《でか》けるのか？」と尋《たず》ねる。

「なんでだ？」

「夕食、これからすげぇ美味《うま》いハンバーグ作るから、折角だから家で食べれば？」

俺の言葉にひどく驚いている父親の顔を見ないように、キッチンに逃《に》げ込んだ。

くしゃくしゃになったハンバーグのメモを見ながら、一人でハンバーグを作る。結局ハンバーグは少し焦《こ》げた。

親父は「少し硬いけど美味い」と口にした。

だから俺は文句なく美味いと言われるまで、親父で練習しようと決めた。

進路調査票を必ず提出するように、と事務局に呼び出されて、仕方なく食堂でそれを記入する。第五希望まで記入する欄《らん》がある。

第一希望から第四希望までを空白にしたまま、第五希望の欄に親父の会社名を書いた。

それを見ていた速水が「なんだよ、結局そこに行くのか？」と言った。

「一応書いただけだ。まだ決まってない」

「ふーん」

「い、意外と福利厚生がしっかりしてて、年間休日も多いから書いただけだからな」

「はいはい」

速水が俺の進路調査票を奪《うば》う。

第四希望の欄に、速水が自分の父親の会社名を書いた。

「お前、勝手に……！」

「福利厚生ならうちもしっかりしてるし、ボーナスも多いから」

「ボーナスならうちだって多い」

第四希望の上、第三希望のところに再び親父の会社名を書く。

「うちはボーナスだけじゃなく、保養所もあるから。社員旅行も海外だし」

速水が第二希望に自分の父親のところの会社名を再度書いた。

「悪いけど、うちも社員旅行は豪華《ごうか》だから。それに結婚《けっこん》祝い金、出産祝い金、還暦《かんれき》祝い金とかそういうのが充実《じゅうじつ》してるから。誕生日休暇《きゅうか》と生理休暇もあるしな」

速水に意地を張って第一希望の所に三度《みたび》社名を書く。

書き終わる頃《ころ》に速水は人差し指でトントンと第一希望欄を指して「決定だな」と言った。

はめられた気はしないでもないが、どうせただの進路調査票だと思ってそのまま出すことにする。事務局に何か言われたら再提出すればいいと思いながら、提出ボックスに入れた。

「じゃ、俺先に帰るから」

「は？　折角の金曜なんだから一緒《いっしょ》に飲みに行こうぜ？」

「折角の金曜だから帰る」

「……………なんだよ、上手くいったのか？」

何かを察した速水がそう言って、俺の顔を見て苦笑する。

きっとまた頰《ほお》が赤くなっているんだろうと思いながら「うるせぇ」と返した。

バッグを肩《かた》に掛け直して大学を出る。待ち合わせているビルの前に行くと、隆一が見知らぬ女と楽しげに話している。

「恋人《こいびと》に告げ口してやる」

思わずそう言うと、隆一が苦笑して女に断って近づいてくる。

「それはやめてくれ。嫉妬《しっと》深《ぶか》いんだ」

「誰が嫉妬なんかするかよ」

軽く睨《にら》むが、効果は無い。

「隆一のまわりの女に嫉妬してたら身が持たない。女侍《はべ》らせすぎだろ。熱があるときでも女に会いに行くくせに」

速水と良い勝負だ。

「お前が家に来てからは誰ともやってない」

「白々しい」

見るたびに違《ちが》う女を連れていたくせによく言う。部屋にまで上げていた女と何もなかったなんて信用できない。

「お前に手を出すとやばいから、手当たり次第《しだい》に女とやろうとしたけど、そんな気分になれなかった」

隆一の顔をまじまじと覗《のぞ》き込むと苦笑された。

「……隆一絶対趣味《しゅみ》悪いだろ」

あの綺麗《きれい》な女達に対してそんな気分になれないなんて、男として結構重症《じゅうしょう》だ。

「お前を選ぶぐらいだからな」

茶化《ちゃか》すようにそう言って隆一が首を竦《すく》める。

その言葉にむっとして、軽く睨んだが効果は全く無かった。

「折角、良いもの持ってるのにそういうこと言うなら使わねぇ」

「良いもの？」

隆一の前に以前速水から貰《もら》ったカードを見せる。カードの表には業界最大手のエロホテルチェーンの名前と、有名なロゴマークが大きくプリントされている。

「飯食った後と、飯食う前、どっちがいい？」

そう訊《き》いてわざとらしく小首を傾《かし》げてみせると、隆一は「前と後、両方だな」と言ってカードごと俺の手を握《にぎ》り締めた。

内装が凄《すご》く良い。

そんな風に速水が言っていた部屋に入ったが、ろくに内装なんか見なかった。

部屋に入った途端《とたん》にバスルームに連れ込まれ、抵抗《ていこう》する間もなく脱《ぬ》がされて体中を洗われた。

明るい中で、泡《あわ》の付いた手で肌《はだ》の上を撫《な》でられる。

「恥《は》ずかしい」

見られるのが嫌《いや》でそう口にする。明るくなければいいなんて、そんな風に思ったのはこれが初めてだった。光の中で隆一の視線が痛い。

「すぐに気にならなくなる」

「……っ」

やらしい指先が踝《くるぶし》を滑《すべ》る。隆一の手でボディーソープが体に広げられる。泡を付けた手がぬるぬると肌の上を滑ると堪《たま》らない気分にさせられた。

「ん、んっ」

特に胸の先と、性器は執拗《しつよう》に弄《いじ》られた。何度も声を上げて「待って」と懇願《こんがん》したが、一度も聞いて貰えなかった。

皺《しわ》を伸《の》ばすように性器を指先で愛撫《あいぶ》され、ぬるつくのが泡のせいなのかそれ以外のせいなのか分からない。

「そこばっかり…弄んなっ」

胸を齧《かじ》られて、思わず隆一の肌に爪《つめ》を立てる。嬲《なぶ》るように舌で弄られた。

平らな胸を揉《も》まれ、腰《こし》を撫でられる。

「あっ、う」

舌を吸われながら尻《しり》を揉まれる。泡で滑る掌《てのひら》の感覚に、徐々《じょじょ》に息が上がる。隆一の膝《ひざ》の上に座って、向かい合った状態でそんな風にされると、恥ずかしくて目を瞑《つぶ》る。

「っ、ぁっ……ぁっ」

指が中に入り込む。その生々しい感覚にいつまでたっても慣れることができない。

声を殺すように隆一の肩に唇《くちびる》を当てると、耳をねっとりと舐《な》められた。

「っう」

どこに触《ふ》れられても気持ちがいい。こんな感覚は今まで知らなかった。

泡が丁寧《ていねい》にシャワーで流される。

「りゅう、いち」

指でぐずぐずに溶《と》かされた場所が拡《ひろ》げられる。

「っん」

同時に唇が胸の先に触れる。

「っひ、あっ」

舌で甘く噛《か》まれ、もう一方も指で弄られる。

次第に芯《しん》を持って硬《かた》く尖《とが》ると、余計にしつこく触れられた。音を立てて舐められると、じわりとそこから快感が染《し》み込んでくる。

隆一の掌が、胸から腹の上へ這《は》う。そのまま期待で震《ふる》える場所に触れて欲しいと思ったが、掌はまた胸に戻《もど》る。何度か肌の上を往復するじれったい掌に、知らず知らずのうちに腰が揺《ゆ》れる。

「素直《すなお》だな」

笑いを含《ふく》んだその指摘《してき》に恥ずかしくなりながらも、待ち望んだ場所に触れられて、思わず吐《と》息《いき》が漏《も》れた。

「隆一」

名前を呼ぶと、唇が乾《かわ》く。キスが欲しくて、目を開いて自分から唇を近づけた。

「あ、……あ……ぁっ」

手の中で扱《しご》かれて、その快感に力が抜《ぬ》けそうになる。隆一に腰を掴《つか》まれて、委《ゆだ》ねるようにもたれ掛《か》かった。

隆一を受け入れる場所に再び指が入り込む。

濡《ぬ》れた音を立てながら拡げられる場所に、亀頭《きとう》の先が当たる。熱くて硬い熱の塊《かたまり》に、思わず身が竦むと宥《なだ》めるように何度もキスが降ってくる。

隆一の首に腕《うで》を伸ばして縋《すが》り付くように抱《だ》き締める。

「裕希」

名前を呼ばれる。それが合図のように隆一の性器が入ってきた。

「っぅ、あ……っ」

背中が反り返りそうになる。隆一の手で掴まれた尻に、太い欲望《よくぼう》が埋《う》められていく。

「んー……っあ」

太い部分が内側で引っかかるのが分かった。

まだ残る痛みと、同時にとろけるような快感に目眩《めまい》を覚える。

隆一に抱《だ》き付いた状態で深く入れられた。

「ま、まだ動かすなよ」

全部入り切っていない内から、念を押すように言うと尻を撫でられた。

「んっ」

尻の肉をぐっと押されると中に入っている隆一の欲望に強く内側が擦《こす》れる。

「怖《こわ》いなら自分で動くか?」

そう言って、隆一が軽く揺さぶった。

「んっあ！」

ずっ、と音を立てて奥まで全《すべ》て入れられる。男なのに、同じ男の物で深い場所まで貫《つらぬ》かれ、犯《おか》されている。そのことに抵抗を覚えないわけではないけれど、与《あた》えられる快感が多すぎてそのうちどうでも良くなってしまう。

それに誤魔化《ごまか》しようもなく体は隆一を求めていた。受け入れる場所ではないはずの体の奥が、隆一を欲しがってうねっている。

「ほら、裕希」

促《うなが》すように腰を撫でられた。余裕《よゆう》の表情でそんな要求をしてくる男を憎《にく》らしく思いながらも、言われた通りに腰を揺さぶる。その度《たび》に繋《つな》がったところが濡れた音を立てた。

「んっ、ぁっ、あっんっ」

少ししか動かしていないのに、鋭《するど》い快感が走る。二人の腹の間にある俺の性器が、先走りを垂らしながら喜んでいるのが見えた。

「りゅ、ういち」

それでも自分が動くだけじゃ足りない。もっと深い刺激《しげき》が欲しくて、強請《ねだ》るように頬《ほお》を擦り寄せた。

「良《い》いのか？」

からかうような声音《こわね》でそう言うと、隆一が腰を掴む。そのまま抜かれそうになって、慌《あわ》ててしがみ付くと、一度に奥まで突《つ》かれた。

「っあっ」

強い衝撃《しょうげき》に体が痺《しび》れる。

「裕希」

痺れた体が、勝手に隆一をきつく締《し》め付ける。断続的なその刺激に、隆一が小さく喉《のど》の奥で声を殺すのが分かった。

「な、なぁ」

「ん？」

「こえ、俺も聞きたい」

隆一の唇に舌を伸ばし、ゆっくりと舐める。

「隆一の感じてる声、聞かせろ」

揺さぶられながら、そう言うと「だったらもっとがんばれよ」と憎らしいことを口にする。

昔から隆一には負けてばかりだ。情けないところばかり見られてる。

俺だってたまには隆一が弱くなるところや、可愛《かわい》くなってるところを見たい。

だから腰を揺すられ、声を漏らしながらも考えた。

自分の限界が近づいて、受け入れている隆一の性器も痛いほどに膨《ふく》らんでいる。

「俺のなかでイって、お兄ちゃん」

うまい台詞《せりふ》が思いつかずに、結局いつものようにその呼び方に逃《に》げる。

「う……っ」

言った途端に隆一の両手できつく抱き締められる。強請った言葉通りに隆一が俺の中で出すなんて、予想していなかった。

「はっ」

耳元で聞こえる、吐息混じりの隆一の声を嬉《うれ》しく思う間もなく、熱が体の奥で弾《はじ》ける。

「っあ、うっ、なか……本当に、出て」

注ぎ込まれる感覚が分かるとは思わなかった。奥の方まで精液が入ってくる。

「っん、ぁ……あ」

注ぎ込まれた後は、音を立てて性器が抜かれた。どろどろの濃《こ》い精液が奥から零《こぼ》れ落ちるのが分かる。その感覚にすら感じて、隆一の見ている目の前で鈴口《すずぐち》から精液を飛ばす。

「あ、っく」

腹に掛かる生暖かいそれを隆一が掌で下腹部に広げる。

指に付いたその白濁《はくだく》した精液を隆一が自分の唇で舐め取った。それから俺の唇にそれを舌でなすり付ける。

生臭《なまぐさ》くて苦みのある自分の精液に顔を顰《しか》めると、ぬるりと舌が口内に入ってくる。

「ン、ンッ」

舌と舌を絡《から》め合う。セックスみたいなキスだ。

再びシャワーで体を流され、肌《はだ》に付いた精液が洗い落とされていく。

不意にシャワーの強い水流で鈴口の先を洗われて、足がびくりと跳《は》ねる。

「ふ、ううっ」

キスをしたままなので、くぐもった声が漏れる。逃げようと腰《こし》を引くが、許さないと言うように顎《あご》を掴まれる。再び同じ場所にシャワーが当てられた。

時々水流が中に入る。過敏《かびん》な場所に与えられる強い刺激に、達したばかりの性器がまた反り返る。

「そ、それだめ」

「どうして？」

「だ、だって、なんか……っ」

隆一の手が尻《しり》に伸《の》びて、先程《さきほど》受け入れていた場所にも水流が当てられる。

「ひ……っ」

熱いお湯がその場所をくすぐる。先程太い欲望を受け入れていたときとは種類の違《ちが》う快感に、縋るように隆一に抱きついた。

赤く熟《う》れた場所を絶え間なく水流で刺激されて、腰が揺れてしまう。

「隆一」

誘《さそ》うように名前を呼んだ。

もっと直接隆一に触《さわ》って欲しくて、羞恥《しゅうち》を堪《こら》えて自分の手でお互《たが》いの欲望同士を擦《こす》り合わせる。出っ張った部分同士が擦れて、硬《かた》い性器がますます硬くなっていく。

「なぁ」

直接的な言葉は言えなかった。だから強請るように頬を寄せた。

隆一はとっくに分かってるはずだった。

なのに何もしてくれない。もどかしくて涙《なみだ》が滲む。意地悪だと心の中で恨《うら》み言を呟《つぶや》きながら、その欲望の先を強く扱《しご》いた。

俺のと同じように、重く熱くなっている性器に触《ふ》れていると、喉が渇《かわ》く。太くて硬い隆一のそれで、深い場所まで犯されたいと思った。

「これ、欲しい。もう一回、俺のなかぐちゃぐちゃにして」

ふっと隆一が笑う。

また隆一にからかわれるのかと、身構えた瞬間《しゅんかん》に噛《か》みつくようなキスをされた。

シャワーを止め、バスルームから引きずられるようにベッドに連れて行かれる。

電気も点《つ》けていない暗い室内で強引《ごういん》にベッドに押し倒《たお》され、先程隆一を受け入れていた場所を乱暴に指で暴《あば》かれる。

「指、や……めっ」

いじられてるうちに、注ぎ込まれたものが出てきて隆一の指を濡《ぬ》らし、ぐちゃぐちゃと音を立て始める。白濁したそれがシーツの上に零れていく。

「ひっ」

強すぎる快感に頭を振ると、隆一が唸《うな》るような声で言った。

「煽《あお》ったんだ。責任は取れよ」

聞いたことの無いような低い声だった。背中がぞわぞわする。

「あ、あっ」

無防備な性器を隆一に握《にぎ》られ、さっきバスルームでさんざん触られた場所がまた蜜《みつ》を零《こぼ》す。

「隆一」

名前を呼ぶとキスをされる。唇《くちびる》が気持ち良くて、すり寄せるように頭を近づけた。

尖《とが》りきった胸の先を隆一の指で柔《やわ》らかく潰《つぶ》され、耳に甘く噛みつかれる。

自分から足を開いて隆一の腰に絡ませると、奥まった場所に隆一の欲望《よくぼう》の切っ先が触れる。

触れるだけで呑《の》み込めないそれが欲しくて、腰を揺《ゆ》する。

隆一の目がすっと細められる。普段《ふだん》とは違う、切羽《せっぱ》詰まったような視線に射貫《いぬ》かれた。

「頼《たの》むから、俺以外の男をこんな風に誘うなよ」

頷《うなず》いた途端《とたん》にずっと、奥までそれが入り込んでくる。熱い粘膜《ねんまく》が隆一の性器を誘うように蠢《うごめ》くのが分かった。欲しかったものが与《あた》えられ、残らずそれを呑み込もうとする。

「ん、ん、あっ」

強く内側を擦《こす》られて、苦しいほどの快感に隆一の肌に爪《つめ》を立てた。

一度受け入れた体は、簡単に熱を染《し》み込ませていく。繋《つな》がってるという事実が、どうしようもないほど胸を熱くさせる。

「はっ、ああ……っん、んぁっ」

がくがくと腰を揺さぶられて、舌を噛みそうになった。

「あ、っや、隆一、隆一っ」

名前を呼ぶとその度に優《やさ》しいキスが降る。

唇を合わせることに夢中になっていると、手を掴《つか》まれる。手首に絡み付いた隆一の指が、そのまま掌《てのひら》を滑《すべ》り指先をぎゅっと握り締める。指と指を絡めて、きつく繋ぐ。

「裕希」

掠《かす》れた声で名前を呼ばれる。鼓膜《こまく》を揺さぶる声に、体の深い部分が痺《しび》れていく。

汗《あせ》ばむ肌と肌が擦れて、これがセックスなんだと教えられる。

今まで自分が女としてきたものとは違う、隆一の良《い》いように翻弄《ほんろう》されて、強い快感で言うことを聞かされて、だけどそれが少しも嫌《いや》じゃない。

体ごと奪《うば》われるような激しい快感と、与えられる優しい温《ぬく》もりに体が呼応する。

「あ、あ……っ」

隆一が耳に口付ける。

「好きだ」

告げられた言葉に何度も頷きながら目を瞑《つぶ》る。ぎゅっと腹の奥に力が籠《こ》もり、我慢《がまん》できずに射精してしまう。

いつも射精するたびに感じる虚《むな》しさを、今回は感じなかった。それどころか、満たされたような不思議な気分だった。

隆一は少し遅《おく》れて俺の中で達する。再び注ぎ込まれたものが、体の奥で熱く留《とど》まっているのが分かる。

荒《あら》い呼吸を整えている間も、隆一の胸に抱《だ》き寄せられているときもずっと片方の手は繋いだままだった。

胸の動悸《どうき》が治まる頃《ころ》、痛いくらい強く握られた手を見つめていると、隆一が「どうして暗闇《くらやみ》が怖《こわ》いんだ？」と訊《き》いてくる。

俺は自分と隆一の指先を見ながら、その理由を語った。小学生の時の誘拐《ゆうかい》事件は、口にするとテレビの中の陳腐《ちんぷ》なエピソードのように聞こえた。

実際、俺はなんの外傷も無かったんだから、ここまで騒《さわ》ぐことはなかったのかもしれない。でも当時は怖くて仕方がなかった。夜になる度《たび》に震《ふる》えていた。

「それから親父《おやじ》と母親は離婚《りこん》した。それで俺にはこんな情けないトラウマが残った」

俺がそう言うと、隆一は「今も怖いのか？」と口にする。

部屋は暗かった。ベッドの下にはフットライトの間接照明が点いているが、ドアは締《し》め切られている。窓はなく、部屋はそれほど広くない。

それでも傍《そば》に隆一が居るから、少しも怖いとは思わない。首を振《ふ》ると、繋いだ手の指先にキスをされる。また少し伸びた爪を褒《ほ》めるように舌が這《は》わされる。

「エレベーターの中で……」

隆一のその舌先を視線で追いかけながら、先日エレベーターに閉じ込められたときの事を思い出す。

「過呼吸を起こしかけて、だけどそのとき隆一の事を思い出した。そしたらその途端少しだけ体が軽くなったんだ。それから隆一と電話で話してるうちにどんどん楽になって、気づけばパニックは治まってた」

「そうか」

隆一は俺の肩《かた》に顔を埋《うず》める。吐息《といき》がくすぐったくて身を捩《よじ》った。二人の間に僅《わず》かな隙間《すきま》ができると、隆一は俺を引き寄せて体を密着させた。

「これからは怖い思いはさせない。俺が傍に居る。だから、もう怯《おび》えなくて良い」

ふわふわと心地《ここち》良いまま、隆一の腕《うで》に抱《だ》かれるのは幸せな気分だった。熱い肌《はだ》に引き寄せられて、何故《なぜ》だか泣きそうになる。

隆一の優しい言葉に頷きながら、繋いだままの手にキスをした。

「やっと手に入れた」

隆一の唇から零《こぼ》れたその言葉に体が震える。それは俺の台詞《せりふ》でもある。

俺も欲しかった。ずっと、こうして抱き締められたかった。

他人としてではなく、弟としてでもなく、隆一の傍に居られる存在として。

「なぁ、俺のこと好きにして良いから、ずっとそう思ってて」

繋いだままの手に願いを込める。

隆一は余計に強く俺を抱き締めた。いつもより強い腕が泣きたいほど嬉《うれ》しかった。


「不味い」

自分でもそう思って、口の中に入れた料理を吐《は》き出したくなった。

週末の夜に隆一の家を訪《おとず》れて、そのまま泊《と》まる習慣ができた。

接待やつき合いが無ければこうして夕食を作るが、料理の腕はまだそれほど上達していない。

とりあえず手札がハンバーグと野菜炒《いた》めと焼き魚しか無いので、開拓《かいたく》していく必要がある。

「残して良い」

破滅《はめつ》と混沌《こんとん》の味がするオムレツを口に運ぶ隆一は首を振る。

「食べ物は残さない」

それでも白ワインで流し込むようにオムレツを食べている姿を見て、味付けのためにニンニクを溶《と》き卵の中に入れたのは失敗だったと、自分の分のオムレツをスプーンの先で掻《か》き混ぜながら反省する。前にレストランでニンニク入りのオムレツを食べたときは美味《うま》いと思ったが、今はどうして素直《すなお》にニンニク抜きのオムレツを作らなかったのかと反省している。

せめてニンニクは生じゃなくてチップにすれば良かった。

「材料無駄《むだ》にするだけだし、料理諦《あきら》めようかな」

「練習しないと上手《うま》くならないだろ」

「まぁ、そうなんだけど」

ハンバーグは作れる。親父でさんざん練習してから隆一に出したから、それは「美味い」と認めてくれた。だけど、他《ほか》はまだ及第《きゆうだい》点すら貰《もら》えない。

「隆一が作ったほうが美味いだろうし。それに隆一って料理嫌《きら》いじゃないだろ？」

一人暮らしにしては、台所にはいろいろな用具が揃っている。鍋《なべ》も大小取り揃えていくつか並んでいるし、調味料も豊富に用意されている。

「俺はお前を料理するからいい」

その言葉に思わずスプーンで掬《すく》った卵がべちゃりと皿の上に落ちる。生焼けのニンニクが零れて醬油《しょうゆ》とケチャップを混ぜて作ったソースの上に転がる。

「……くだらねぇ上にオヤジくせぇ」

思わず素直にそう言う。

隆一はブルゴーニュ型のグラスに注がれたワインを飲み干すと、口元を親指で拭《ぬぐ》う。

「じゃあ今日はたっぷりオヤジっぽいセックスしてやるよ」

隆一は口元に笑《え》みを載《の》せてそう言った。

呆《あき》れた顔で見返してやったが、素知らぬ顔で隆一は食事を続ける。

一足先に食べ終わったものをシンクに運び、キャンバス地のエプロンをする。アイボリーのそれは隆一が普段《ふだん》使っているもので、着けても所帯臭《くさ》く見えない。

「そういえば進路は決まったのか？」

その問い掛けに振り返らないまま答える。

「まだ」

本当は十中八九決まっている。けれど、それを正直に言うのはなんとなく抵抗《ていこう》がある。

どうせ隆一には俺の内心なんて筒抜《つつぬ》けなんだろうけど、まだ素直に「継《つ》ぐ」とは言えなかった。

それでも毛嫌いしていた金貸しという仕事で、確かに救われている人達がいることに気づいてしまえば、もう意地を張るのもバカらしい気がした。

須藤が借りたところのように、悪徳なやり方の金貸しを心の底から嫌っていたが、それなら要は自分の会社がそうならなければいいだけなのだ。そういう金貸しを憎《にく》みながらも同じ業界に身を置いている隆一のように。

「そういえば、前に借金取りを追い払《はら》ったとき、名刺《めいし》なんて渡《わた》して良かったのか？」

「ああ。別に構わない」

「会社に来たりしねぇの？」

あんな連中が来たら営業妨害《ぼうがい》になるんじゃないのか、と心配しながら尋《たず》ねると隆一は小さく笑ってから「ああいうのと渡り合えないようじゃ、仕事なんかできないだろ」とあっさりと口にする。

「うちには多重債務者《さいむしゃ》も来る。そいつらの債権《さいけん》を適正にしてうちで買い取って返済させるときに、どうしても向こうとの交渉《こうしょう》は必要になるんだよ」

借金取りを前にしたとき、妙《みょう》に隆一が慣れていたのを思い出す。

意外と危険な仕事なのだろうか。

「もし俺の手に負えなくなったとしても、後は神山社長がやってくれるからな」

「親父？」

「お前は甘やかされてるから聞いたこと無いだろうが、あの人の怒号《どごう》は迫力《はくりょく》があるぞ」

くすくす笑いながら隆一が空いた食器をシンクに入れた。

そのまま、首筋を舐《な》められる。

「ん」

思わず漏《も》れた自分の声が恥《は》ずかしくて、少し強めに肘《ひじ》で隆一を押しやった。

「少しぐらい待てねぇのかよ」

「シチュエーションで燃える方なんだよ」

結び目が解けそうで解けない強さで、隆一がエプロンの紐《ひも》を引っ張る。

「変態」

火照《ほて》った体と掠《かす》れた声で詰《なじ》ると、隆一は「何年我慢《がまん》したと思ってるんだ。変態にもなるだろ」と開き直りやがった。

「それに、普段気の強いお前があんあん言ってるの見ると、我慢できなくなるんだよ」

隆一はそう言うと、舐めるような目で俺を見る。

その視線にすら感じてしまうんだから、どうしようもない。

だって本当はずっとその視線が欲しかった。本当はずっと隆一の横に居られる理由が欲しかった。

「なんでこんな体にそんな気になれるんだよ。ガキの頃《ころ》と違《ちが》ってごついし、もう女には見えねぇのに」

そう言うと隆一は「お前だからだろ」と言って耳朶《じだ》に柔《やわ》らかく噛《か》みつく。

何度かそこを甘噛みされるうちに、体の中心が張り詰める。それに気づいた隆一が、くすりと笑った。

「やらしい体だな」

褒めるように髪《かみ》にキスされる。

「隆一がこんな風にしたんだろ……っ」

「俺か？　元からだろう？」

隆一の指先が徐々《じょじょ》に硬《かた》くなっていく場所に絡《から》みつく。抵抗しようとした指先を捉《とら》えられて、そのまま深く口付けられると、体の奥が溶けていくのが分かった。

「洗い物……」

「刺激《しげき》的な夕食のお礼に俺がやっておくよ。次はレシピ本通り作れよ？」

「な、なんで知って」

隠《かく》してあるはずのレシピ本の存在を知られているとは思わなかった。驚《おどろ》きと恥ずかしさで隆一を見ると「隠してたのか？　あれで？」と呆れたように訊《き》かれる。

「うるせぇ」

隆一は俺の言葉を聞いてまた笑った。その反応が、少しだけ悔《くや》しい。

「みてろよ、俺が会社継いだら、こきつかってやる」

決意を込めてそう言うと、隆一は「じゃあお前が上司になるまで俺がこきつかってやる。直々に俺がお前の教育係を担当してやるよ」と笑って、俺を寝室《しんしつ》に連れ込んだ。

明かりも点《つ》けずに真っ暗な部屋の中で、体中隆一に触れられてきっとこんな幸福は他にないんだろうと思いながら目を開ける。

光のない部屋の中で、それでも目を開ければ隆一の顔が見えた。

「好き」

思わず呟《つぶや》いたその言葉に、嬉《うれ》しそうに隆一が笑ったから、子供の頃から抱《かか》えていた恐怖《きょうふ》が全部溶け出していく。

頰《ほお》を撫《な》でる手に目を閉じながら、もう暗闇《くらやみ》を恐《おそ》れることはないような気がした。

あとがき

こんにちは、成宮ゆりです。

手にとって頂きありがとうございます。


本作にイラストを描《えが》いてくださったのは、緒田涼歌先生です。

主人公である裕希のシズル感が堪《たま》りません。蠱惑《こわく》的な表情には加賀でなくても、ぐらついてしまいそうです。もちろん加賀も男性的な魅力《みりょく》に溢《あふ》れています。

主役の二人も最高ですが、個人的には先生の描くもの凄《すご》く格好良い速水が大好きです。

ご多忙《たぼう》の中、素敵《すてき》なイラストを描いて頂き、ありがとうございました。


さて本作の主人公ですが、「お兄ちゃん」という存在に密《ひそ》かに憧《あこが》れを抱《いだ》きつつも、素直になれない大学生（裕希）です。

成人していますが、学生なのでまだ精神的にそれほど大人でもなく、かといって子供でもありません。そんな彼に〝兄〟として頼《たよ》られているのが、主人公の父親の部下（加賀）です。作中では披露《ひろう》する機会がありませんでしたが、実は加賀は家事上手です。また、裕希にも秘《ひ》めた特技として、何故《なぜ》かやたらにジャンケンが強いという設定があります。

実際に話の中では使用しない設定を細かく考えるのが好きで、気付くと作中に登場しないキャラクター（誘拐《ゆうかい》犯の妻など）のプロフィールまで詳細《しょうさい》に作っている時があります。

今回一番細かくプロフィールを考えていたのは誘拐犯とその妻、そして彼の子供（裕希と同い年）でした。裕希の二倍は細かく作り込んでいました。

元々使う予定は無かったのに、一体何が自分をそこまで熱中させたのか未《いま》だに分かりません。

考えてみれば、昔から実にならないことに労力を使ってきたような気がします。

そんな私のどうにもならない性分《しょうぶん》はさておき、今回は二月、三月と連続刊行をさせて頂きました。

担当様、いつもありがとうございます。

これからも頑張《がんば》りますのでよろしくお願い致《いた》します。

最後になりましたが、読者の皆様《みなさま》。

今回の主人公は我《わ》が儘《まま》かつ生意気なので、気に入って頂けるか不安ですが、多少なりとも楽しんで頂けたら幸いです。

いつも季節の挨拶《あいさつ》や感想をありがとうございます。心の緩衝材《かんしょうざい》です。

それでは、また皆様にお会い出来ることを祈《いの》って。

平成二十二年一月

成宮　ゆり

KADOKAWA RUBY BUNKO

悪《わる》くて甘《あま》い遊《あそ》び

成宮《なりみや》ゆり

角川ルビー文庫　R110-11　16164

平成22年3月1日　初版発行

発行者――井上伸一郎
発行所――株式会社角川書店
東京都千代田区富士見2-13-3
電話/編集(03)3238-8697
〒102-8078
発売元――株式会社角川グループパブリッシング
東京都千代田区富士見2-13-3
電話/営業(03)3238-8521
〒102-8177
http://www.kadokawa.co.jp
印刷所――旭印刷　製本所――BBC
装幀者――鈴木洋介

ISBN978-4-04-452011-3　C0193　定価はカバーに明記してあります。

KADOKAWA RUBY BUNKO

R

角川ルビー文庫

いつも「ルビー文庫」を
ご愛読いただきありがとうございます。
今回の作品はいかがでしたか?
ぜひ、ご感想をお寄せください。

〈ファンレターのあて先〉

〒102-8078 東京都千代田区富士見2-13-3
角川書店 ルビー文庫編集部気付
「成宮ゆり先生」係

不条理な愛情
そんなに睨むなよ。
——興奮するだろ？
遊び上手なセレブ医大生
×ひねくれ暴君が贈る
青春ラブ・バトル！
Yuri Narimiya
成宮ゆり
イラスト／あさとえいり
男嫌いの医大生・幸は、綺麗な容姿を眼鏡で隠し地味な優等生として平穏な生活を送る毎日。しかし、女たらしな先輩・伊勢谷だけは、なぜか幸をかまい倒してきて——!?
ルビー文庫

コイビト偏差値
成宮ゆり
イラスト／水名瀬雅良
Yuri Narimiya
先生、俺の顔好みなんだろ？
——いろいろ教えてよ
色悪イマドキ高校生
×いい加減教師が贈る
カラダ先行型ラブ！
元彼の結婚式の後、憂さ晴らしに色悪な美形と寝てしまった高校教師の折口。翌朝最悪な気分で出勤するも、生徒の桃瀬に「昨日のホテル代」とお金を渡されてしまって…!?
ルビー文庫

その男、取扱注意！
遊んでそうにみえて…
ここは、初心《うぶ》なんですね。
本当に可愛らしい
策略上手な公務員×狼の皮を
被った哀れな羊のトラップラブ！
工事現場で働く佐伯は、男女関係なく抱いてしまう節操なし。隣の部屋に住む“しがない公務員”緒方から男同士の恋愛を相談され「男の抱き方を教えてあげますよ」と誘うが…!?
成宮ゆり
URI NARIMIYA
イラスト／桜城やや
ルビー文庫

その男、侵入禁止！
紳士時々オオカミの敏腕刑事×
ガテン系子羊のトラップラブ第2弾！
他の男の匂いを
つけたりしたら——
“お仕置き”ですよ。
成宮ゆり
YURI NARIMIYA
イラスト／桜城やや
工事現場で働く佐伯の恋人・緒方は暴力団相手のやり手刑事。優しい緒方と甘い生活を送っていたはずなのに、すれ違いから緒方が嫌っている男との浮気を疑われてしまって…!?
ルビー文庫